VEREDAS

Domingos Pellegrini

O mestre e o herói

2ª edição
revista pelo autor

MODERNA

© DOMINGOS PELLEGRINI, 2014
1ª edição 2006

COORDENAÇÃO EDITORIAL	Maristela Petrili de Almeida Leite
EDIÇÃO DE TEXTO	Carolina Leite de Souza, Marília Mendes
COORDENAÇÃO DE REVISÃO	Elaine Cristina del Nero
REVISÃO	Denise de Almeida
COORDENAÇÃO DE EDIÇÃO DE ARTE	Camila Fiorenza
PROJETO GRÁFICO	Camila Fiorenza
ILUSTRAÇÃO DE CAPA E MIOLO	Gustavo Gus
DIAGRAMAÇÃO	Cristina Uetake, Elisa Nogueira
PRÉ-IMPRESSÃO	
COORDENAÇÃO DE PRODUÇÃO INDUSTRIAL	Arlete Bacic de Araújo Silva
IMPRESSÃO E ACABAMENTO	A.S. Pereira Gráfica e Editora EIRELI

LOTE: 801895 - Código: 12084585

Dados Internacionais de Catalogação na Publicação (CIP)
(Câmara Brasileira do Livro, SP, Brasil)

Pellegrini, Domingos
  O mestre e o herói / Domingos Pellegrini . —
2. ed. — São Paulo : Moderna, 2013. —
(Coleção veredas)

1. Literatura infantojuvenil I. Título. II. Série.

ISBN 978-85-16-08458-5

12-13974   CDD-028.5

Índices para catálogo sistemático:
1. Literatura infantojuvenil 028.5
2. Literatura juvenil 028.5

Reprodução proibida. Art.184 do Código Penal e Lei 9.610 de 19 de fevereiro de 1998.

Todos os direitos reservados

EDITORA MODERNA LTDA.
Rua Padre Adelino, 758 - Belenzinho
São Paulo - SP - Brasil - CEP 03303-904
Vendas e Atendimento: Tel. (11) 2790-1300
Fax (11) 2790-1501
www.modernaliteratura.com.br

Impresso no Brasil
2025

— Mestre, por que vivemos?
— Para aprender.
— Aprender o quê?
— A viver.

Sumário

1. Chá de mato — 7
2. Um prêmio — 11
3. Alguém e ninguém — 15
4. A luta — 19
5. A idade das espinhas — 29
6. Um tesouro — 38
7. Os anjos — 43
8. As nuvens — 51
9. A moeda — 57
10. O mar — 63
11. Ana — 69

12. Herói	76
13. No fundo	80
14. No alto	87
15. As estrelas	91
16. O remo	96
17. As ondas	103
18. O mangue	105
19. Dias cheios	114
20. Calma e razão	117
21. Lágrimas	120
22. Amigos	123

1. CHÁ DE MATO

Passa um campo florido.

— *Mestre*, por que há tantas cores?

— Não é melhor que poucas?

Passarinhos cantam nas árvores.

— *Mestre*, por que pássaros cantam?

— Pelos mesmos motivos que nós: por amor.

— Então é um só motivo, não é?

— Não: é amor pela passarinha, amor pelo sol, pelas frutas, pela vida...

— Como o senhor sabe disso, *mestre*?

— Olhando mais e perguntando menos.

Passa uma brisa fresca.

— De onde vêm os ventos, *mestre*?

— De um lugar onde não há tolos.

— Como sabe disso, *mestre*?

— Os tolos o vento vai achando pelos caminhos.

— Ah...

Passa uma jaqueira.

— *Mestre*, a jaca é uma fruta tão grande e dá em árvore. Por que então melancia também não dá?

— Porque a vida não é lógica.

Passam por um poço seco, o menino debruça na beirada, vê a terra lá no fundo.

— Por que os poços secam, *mestre*?

O mestre suspira fundo antes de responder:

—Você me chama de mestre com ironia, talvez porque seu pai me chama de mestre falando sério. Mas você pode pensar que, no Brasil, chamam de mestre porteiros, borracheiros, lixeiros... então você podia me chamar de mestre assim, sem ironia...

O menino, quase rapaz, continua olhando o fundo do poço, coçando a penugem do bigode. O mestre olha longe:

— Por que poços secam, você perguntou. Vi homens bons em quem, um dia, a bondade secou. Vi artistas em quem, um dia, a arte secou. Vi casais amorosos cujo amor, um dia, secou. Por que um poço não secaria?

O menino às vezes parece menino, às vezes parece rapaz engrossando a voz:

— Sabe, acho que vou continuar chamando você de mestre, nem que seja pra te irritar, porque também não pedi pra viajar com você, eu queria era estar numa praia nas férias. E o problema agora..., mestre, é que meu cantil está vazio e estou com sede!

— Beba do meu, e fale menos para ter menos sede.

Depois de muito andar, chegam a um novo poço em outro sítio.

— Este tem água, mestre! Vou beber até fartar!

— Beba pouco.

— Ora, por quê?! O poço está cheio de água!

— Acostumando a beber menos, a água do cantil vai durar mais.

Depois o sol se põe, colorindo nuvens que o vento desmancha.

— Olhe, mestre, o sol não é mesmo um pintor com pincéis de vento?

— O sol é o sol, vento tem a cabeça de quem quer ver mais do que se vê.

— Ora, eu quis apenas fazer poesia.

— Eu estava vendo poesia.

Acendem-se as primeiras estrelas.

— Mestre, às vezes fico pensando. Se o universo não tem fim, então também existem infinitas estrelas, não? Mas por quê?!

— Para os bobos pensarem nisso em vez de aceitarem o mistério com prazer.

Acendem fogo, o menino coloca a chaleira na trempe, o mestre informa que acabou o chá. O menino tira a chaleira do fogo. O mestre diz para deixar no fogo.

— Mas por quê? Não acabou o chá?

— Mas não acabou a fé.

Chega um caminheiro com grande mochila, fica feliz de ver o fogo feito, oferece chá. Comem pães, oferecem ao caminheiro, que oferece queijo e mel. Quando o caminheiro começa a roncar, o menino não resiste:

— Mestre, que mel delicioso! Como o senhor sabia que...

— Eu não sabia. Só pensei em esquentar a água para ferver algumas folhas de mato...

— Chá de mato?!

— Antes de ir para a chaleira, todo chá é mato. Boa noite. Tenha bons sonhos.

— Por falar nisso, mestre, de onde vêm os sonhos? Mestre. Mestre! Já dormiu? Como consegue dormir tão depressa? Parece criança!

2. Um prêmio

Amanhece, ainda estão deitados debaixo dos cobertores quando o menino pergunta:

— Mestre, por que galos cantam tão repetidamente?

O mestre suspira.

— Mestre. Mestre!

— Sim...

— Por que galos cantam tão repetidamente?

— Porque eles têm inveja dos beija-flores.

Sai o sol.

— Mas, mestre, estive pensando...

— Não diga! — a voz abafada pelo cobertor.

— Beija-flores não cantam, cantam? Então como podem os galos invejar os beija-flores?

O mestre senta encarando o nascente.

— Foi só uma forma de dizer que, em certas horas, o melhor som é o silêncio. Melhor que o sono é o último cochilo, quando os galos cantam e a gente ouve longe, ainda sonhando, sem saber se cantam no sonho ou na realidade.

— Nossa, mestre, o senhor nunca falou tanto!

—Você deve ter me contagiado.

O mestre coloca água na chaleira, cata lenha, sopra as brasas, refaz o fogo. O menino arruma suas coisas, penteia os cabelos, examina os pés.

— Meus pés estão cheios de bolhas. Até quando vamos andar?

— Até acabarem as bolhas.

— E como as bolhas acabarão?

— Andando.

O caminheiro acorda, fica feliz de ver a chaleira já no fogo, oferece mais chá. Bebem olhando as nuvens coloridas do nascente, até que o menino fala ao caminheiro:

—Tantas cores... Por que deveria haver poucas, não é?

O caminheiro pensa antes de responder:

— Nunca pensei nisso. É, por que deveria haver poucas cores?

Fica pensando até o menino falar de novo:

— Agradeçamos por tantas cores.

— E tão coloridas.

O mestre levanta e se afasta, o menino pergunta aonde vai.

— Urinar, posso?

Ele é meio grosso assim, sussurra o menino ao caminhante:

— Mas é um bom mestre, apesar de falar pouco.

— Dizem que os bons mestres falam pouco mesmo, né? Muita sabedoria, poucas palavras.

Quando o mestre volta, o caminheiro e o menino estão em alegre conversa, falando até ao mesmo tempo, nem percebem o mestre. O mestre pega suas coisas, guarda a chaleira, toma a estrada. Depois de tempo é alcançado pelo menino ofegante:

— Por que não me esperou, não me chamou?

— Não quis interromper uma conversa tão animada.

— Ah... Ficou com ciúme?!

— Claro, claro... Pensei até que o destino me condenava a perder sua companhia, e eu teria de viajar só com meus pensamentos...

Andam por um trecho cascalhado, ouvindo os passos a ranger no cascalho.

— Mestre, por acaso estava sendo irônico quando disse que sentiria minha falta? Saiba então que aquele homem me convidou mesmo a ir com ele.

— É, ele tinha mesmo muita bagagem para carregar.

— Ele me propôs carregar a mochila maior, em troca de duas refeições por dia.

— Mas você preferiu continuar comigo, sem nem saber se terá o que comer.

— Fazer o quê? Foi com você que meu pai me mandou viajar...

— Mas o pão acabou, como o chá. Só temos algumas cebolas.

— Só cebolas? Detesto cebolas.

— Ainda é tempo de pensar melhor e esperar aquele caminheiro.

— Não, prefiro a incerteza na vida do que a mediocridade garantida.

O mestre para, encara:

— Leu isso em algum lugar? Você mesmo criou essa frase? Merece um prêmio!

O mestre continua, o menino vai feliz atrás:

— Um prêmio, mestre? Que prêmio? Vai me dar agora?! Cadê?!

O mestre para, enfia a mão na mochila enquanto os olhos do menino se arregalam. O mestre sorri estendendo a mão fechada:

— Agora, isto é tudo que tenho — e abre a mão: é uma cebola.

O menino resmunga que a frase não é dele mesmo...

3. Alguém e ninguém

A estrada vai para o horizonte.

— Para onde vamos?

— Que importa?

— Ora, mestre, até eu sei que, quem vai, vai para algum lugar. Além disso, não acha que tenho o direito de saber para onde vou?

— Para quê?

— Ora, para quê... Suponhamos que vamos para o alto duma montanha, onde decerto faz frio, então seria melhor levar agasalho, não?

— Não pretendo subir montanhas por enquanto.

— Por que não? Das montanhas dá pra avistar muito longe, ver grandes nascentes e poentes! Por que não subimos uma montanha?

— A resposta está na pergunta: porque é preciso subir. E a planície também tem nascentes e poentes.

— Mas não como numa montanha... Às vezes, até parece que o mestre gosta de me contrariar.

— Não, só não gosto de ser contrariado.

O mestre vai assobiando baixinho, o menino vai chutando pedrinhas. Até que pega uma flor e fala com ela:

— Sabe o que eu acho mesmo? Que o mestre é teimoso.

— Não — o mestre interrompe o assobio. — Teimoso é quem teima comigo — e continua assobiando.

Passam por uma ponte, o menino joga a flor, ela vai descendo o rio. Ele joga uma pedra, acerta a flor, que afunda.

— Viu?! Que pontaria, hem?

— Ou que sorte, né?

— O mestre até parece que tem inveja — o menino resmunga. — Foi um pouco de sorte, sim, mas também foi minha pontaria! Atiro pedras desde menininho!

— Parabéns. E acertou muitos Golias?

O menino vai chutando pedrinhas.

— Sei o que o mestre quis dizer. Que só vale a pena atirar pedras quando existe um motivo, como Davi atirou aquela pedra em Golias. Mas ele não teria acertado se antes não tivesse treinado a pontaria.

— Você tem razão. Para atirar pedras bem, é preciso treinar. Só fica faltando seu Golias.

O menino chuta com raiva uma pedra grande, geme, vai resmungando:

— Ele nunca está contente... Nada está certo para ele... Na verdade, é um velho, só isso, não espera mais nada da vida...

O mestre volta pela estrada, colhe uma flor. Na ponte, pega uma pedra com a outra mão e assim, pedra numa mão e flor na outra, sorri para o menino. Depois joga a flor, e ela vai descendo o rio. O mestre atira a pedra longe da flor.

— Errou, mestre, ou nem quis acertar?

O mestre apenas aponta a flor, que logo afunda também.

— Que quer dizer com isso, mestre? Diga!

Mas o mestre já continua pela estrada, até parar num riacho, onde senta na beirada com os pés na água.

— Por que parou, mestre?

O mestre aponta os pés na água. O menino senta ao lado sobre as pernas dobradas, como sentam os gurus e iogas.

— Por que nunca senta assim, mestre? Pensava que os mestres sempre sentassem assim.

Tire os tênis, diz o mestre. O menino tira os tênis.

— Agora bote os pés na água.

O menino bota os pés na água, e ficam assim bastante tempo, até que o mestre tira os pés, deixa que sequem na brisa que desce o riacho, e só depois de calçar as sandálias é que pergunta:

— Você perguntou por que nunca sento na posição de lótus?

— Deixa pra lá. Só quero ficar mais um pouco com os pés na água...

— Claro. Mas quero responder sua pergunta. Já sentei muito na posição de lótus, até que tanta gente passou a sentar assim, tantos impostores e vigaristas, fazendo-se passar por mestres para levar vantagens, ganhar dinheiro, impressionar as pessoas... Tanto que me prometi não sentar mais na posição de lótus. A não ser, claro, quando estiver sozinho.

Então o mestre senta na posição de lótus, fechando os olhos. Quando abre, o menino está ali mas com os pés calçados, olhando o riacho com cara magoada.

— Desculpe se demorei muito — o mestre sussurra. — Quando medito, me acho e me esqueço...

Podia demorar quanto quisesse, diz o menino, não se magoou por isso, mas porque o mestre falou que só senta na posição de lótus quando está sozinho:

— E sentou na posição de lótus aqui, comigo do lado! Quer dizer que sou ninguém?!

— Oh, desculpe de novo — o mestre estapeia na cabeça. — Esqueci de completar: quando fico sozinho ou quando estou com alguém que não se deixa impressionar pelas aparências. Vamos andar?

Vão pela estrada, o menino sorrindo com a boca e o mestre sorrindo com o olhar.

4. A LUTA

Vamos parar para almoçar, diz o mestre à beira de mais um riacho.

— Mas comer o quê?! O pão acabou, o chá acabou, só temos cebola e sal! Vamos comer cebola e sal?

O mestre corta uma taquara com seu canivete.

— Tenho este canivete desde que tinha sua idade.

— Eu tenho uma faca — o menino tira da mochila a faca na sua bainha de couro.

— Um canivete é uma faca que, em vez de bainha, se guarda no próprio cabo.

O mestre tira da mochila um novelo de linha, corta um longo pedaço, amarra na ponta da vara. De uma bolsinha de couro tira o anzol, amarra na ponta da linha. A três palmos do anzol amarra uma pedrinha como chumbada. Senta na beira do barranco, o menino agacha ao lado:

— Vai pescar? Sem isca?

O mestre vira um pau podre no chão, cata uma larva, enfia no anzol, repõe o pau no mesmo lugar. Logo tira da água o primeiro peixe, e o menino vê o mestre rindo. O mestre corta a cabeça do peixe:

— Para ele não sofrer — e pega outra larva, continua a pescar sorrindo.

O menino vai com sua faca cortar uma grande taquara. Põe linha, amarra um anzol mas, quando vira o pau no chão, não vê mais nem uma larva. Procura outro pau podre, não acha. Pergunta ao mestre o que fazer.

— Cavouque para achar minhoca.

O menino cavouca com a faca, o mestre tira da água um peixe maior que o primeiro. O menino acha minhoca, põe no anzol. O mestre cata galhos secos e gravetos, enquanto o menino a todo momento tira o anzol da água para olhar a minhoca.

— Não beliscam.

—Você não dá tempo.

O menino deixa o anzol na água, enquanto o mestre acende o fogo com um velho isqueiro. Depois faz espeto de um galho verde, trespassa um peixe e finca o espeto ao lado do fogo, deita olhando nuvens.

O menino tira o anzol da água, vazio. Cavouca, acha outra minhoca, põe no anzol. Asse seu peixe, diz o mestre, mas ele continua a pescar. O mestre faz outro espeto, trespassa o outro peixe, finca ao lado do fogo.

Quando o menino cavouca a quarta ou quinta minhoca, o mestre abre seu peixe sobre uma pedra, salga e deixa esfriar, enquanto o menino cavouca mais uma minhoca. Enfim desiste, jogando longe a vara, e o mestre volta a deitar fechando os olhos. O menino fica olhando as mágoas a correr no rio, até o peixe cheirar queimado.

Come o peixe queimado, sem esperar esfriar, queima a língua. Esqueceu do sal, então salga, e salga demais. Bebe esvaziando o cantil, vai encher no riacho. O mestre fala deitado, sem abrir os olhos:

— Água de rio não é boa de beber.

O menino deita olhando as nuvens. O mestre levanta, entra no mato, volta com insetos que coloca nos anzóis, logo tira da água mais dois peixes. Com o canivete abre os peixes e salga. O fogo virou brasas, e ele quebra os espetos, fazendo uma grelha onde deita os peixes sobre o braseiro, depois volta a deitar, fechando os olhos.

O menino levanta, vai ver os peixes.

— Não vão queimar?

O mestre ressona, o menino fica olhando o homem magro, mulato de cabelos grisalhos, quantos anos terá? Parece velho e parece moço. Tira do fogo metade de um peixe, come ainda meio cru. Deita. Levanta, vai olhar a outra metade do peixe. Deita. Volta a olhar o braseiro, que tosta o couro dos peixes, fazendo uma fumacinha.

O mestre levanta esfregando as mãos:

— Está no ponto!

O menino comprova que sua segunda metade de peixe ficou assada, come até o couro queimado e crocante.

— Como sabia que estava no ponto, mestre?

— O cheiro avisou.

— Pensei que estivesse dormindo.

— Estava, até sonhei que assava peixe, que soltava cheiro de assado, aí acordei.

O menino balança a cabeça conformado.

—Você nunca erra? Pescou quanto quis, soube assar os peixes, e eu nem consegui pescar, comi peixe cru, sem sal, salgado demais... Por que erro tanto?

— Não é que eu não erre — o mestre fala olhando o rio. — É que tento fazer as coisas certas. Por exemplo, colocar a isca direito no anzol. Você colocou de qualquer jeito, e peixe não é bobo. A isca deve cobrir todo o anzol, principalmente a fisga.

— E os outros erros?

— Oh, os outros erros você sabe quais foram.

— Obrigado, mestre.

— Pode me agradecer guardando os anzóis.

Depois voltam para a estrada, andam até o mestre parar para olhar uma bela paisagem.

— Posso beber do seu cantil, mestre?

— Não.

— Não?! Só porque cometi um erro, vou ser castigado?

— Cometeu dois erros: salgou demais o peixe, depois bebeu água demais. Mas não se deve castigar ninguém pelos erros que cometeu.

— Então posso beber?

Não. Deve-se castigar alguém para não cometer mais os mesmos erros. E logo adiante tem uma fonte. Bela paisagem, não?

O menino olha a paisagem sem ver. Depois continuam em silêncio, até parar emburrado:

— Não aguento mais de sede! Cadê a tal fonte?

— Passamos por ela, você não viu? Estava bem à vista na beira da estrada, fazia parte daquela paisagem que você não olhou direito.

— Como sabe se não olhei direito?

— Porque olhou com raiva, e a raiva cega. Beba do meu cantil.

— Obrigado — o menino bebe olhando o mestre, e o mestre diz obrigado, o menino pergunta por quê.

— Por me olhar sem raiva agora. Acho que está chegando a hora de lhe contar por que estamos andando, quando a gente acampar.

Vamos dividir tarefas, diz o mestre:

— Você vai catar lenha, eu vou acender o fogo.

O menino fica olhando longe através do mestre.

— Diga logo.

— Dizer o quê, mestre?

— O que você está pensando.

— Bem, já que insiste... Por que eu tenho de catar lenha e você fazer o fogo? Fazer o fogo é muito mais divertido.

Não seja por isso, diz o mestre, começando a catar lenha. Volta com uma braçada de paus e galhos secos. Quebra as pontas dos galhos para fazer gravetos, depois senta numa pedra massageando os pés. O menino olha os galhos, os gravetos. O mestre sorri:

— Os galhos não se juntam sozinhos. E é preciso empilhar os gravetos primeiro, com os galhos por cima, para gastar só um palito de fósforo.

O menino obedece e depois acende um fósforo mas, quando vai enfiar entre os gravetos, o fósforo apaga. Acende outro palito, enfia rápido entre os gravetos, mas de novo apaga. O mestre pega a caixa, risca um palito, inclina, deixa queimar, só depois enfia entre os gravetos, que logo fazem uma fogueirinha a fazer a fogueira maior dos galhos. O menino resmunga:

— Lá em casa os palitos queimam melhor.

— Todas as pessoas amargas e fracassadas que conheci — o mestre fala baixinho — botavam a culpa de tudo nas pessoas ou nas coisas.

Entrega a caixa de fósforos ao menino.

— Conte os palitos.

O menino conta, diz que são doze, devolve a caixa, o mestre diz para ficar com ela:

— Daqui por diante, você acende o fogo. Duas vezes por dia, dá para seis dias.

O menino fica olhando a caixa de fósforos na mão. O mestre continua a falar baixinho, entregando um plástico para embrulhar a caixa de fósforos.

— Se chover, que molhe até a alma, mas não os fósforos.

O mestre estende no capim o saco de dormir, deita olhando as primeiras estrelas, o menino fica resmungando a olhar o fogo. Ora, para que tanta economia se uma caixa de fósforos custa uma ninharia? Para que usar só um palito para cada fogueira?!

— Não é por economia — o mestre fala de olhos fechados. — É pelo desafio!

Senta e fala curvado para o menino, os olhos cintilantes de fogo:

— Você queria saber por que seu pai me pediu para viajar com você. É para isso também, aprender a fazer muito com pouco, que fazer pouco com muito é fácil! Seu pai é rico, e você já não dava valor às coisas. Seu pai percebeu, ele sabe o valor das coisas porque foi menino pobre, puxou arado, vendeu pães na feira, com fome e sem poder comer nem um pão porque eram contados!

— Como sabe disso?

O mestre fala olhando o fogo:

— Porque conheci seu pai naquele tempo, fomos meninos de rua. Fuçamos lixo procurando comida.

Olha longe através do fogo.

— Um dia, a lagoa amanheceu com muitos peixes mortos boiando. Comemos até fartar, depois tivemos uma diarreia que quase nos matou. Somos amigos de tripas, como diz seu pai.

Sorri.

— E desde aquele tempo ele gostava de juntar coisas. Lata, prego, parafuso, pneu, tábua velha, qualquer coisa ele juntava, guardava no mato, depois numa caverna que achamos num morro. Até que reclamei, ele estava entupindo a caverna onde a gente dormia! Ele tirou todas as coisas, fez um barraco lá fora. Eu passei a dormir na caverna, ele no barraco. Foi quando vi que seu pai era um fazedor.

O menino ouve de olhos bem abertos.

— Ele começou a trabalhar para casas e chácaras, cuidando de jardins e pomares, enquanto eu comecei a andar

25

pelas estradas, catando frutas e pescando nos riachos. Quando a gente se encontrava de novo, ele tinha mais coisas no seu barraco, que ele sempre melhorava, e eu tinha viajado mais longe. Ele me dava roupa e comida, eu lhe contava o que tinha visto e ouvido viajando. Um dia, ele me deu uma navalha, perguntei para quê, ele me puxou uns fios no queixo, eu nem tinha notado que tinha um começo de barba, já não éramos meninos. Estou falando demais?

O menino balança a cabeça, não, não.

— Ele desmanchou o primeiro barraco, fez outro melhor. Depois fez outro ainda, cada vez melhor, conforme ia virando moço, catando coisas pela cidade toda com seu carrinho de rodas de bicicleta, com carroceria, muito ajeitado. Ele limpava quintais para ficar com o que pudesse aproveitar e assim foi conhecendo muita gente que depois lhe dava papéis, garrafas, arames, metais. Então um dia o barraco dele não estava mais lá, mas na caverna ele tinha deixado um papel com endereço. Fui procurar, ele morava numa casinha na cidade, e contou que ia casar com sua mãe, naquele tempo uma mocinha assustada que olhava para ele com alegria.

— Até morrer ela foi assim.

— Eu sei — o mestre balança a cabeça devagar. — Eu sei. Se ela estivesse viva, você não estaria aqui agora, ela teria lhe ensinado o valor das coisas e muitas coisas mais. Mas como ela se foi, e com seu pai cuidando dos negócios dele, você ficou entregue a empregados que gostam de gastar e usam muitas coisas.

O menino pergunta que mal há em usar muitas coisas:

— Meu pai é comerciante, as lojas dele vendem coisas. Se ninguém usasse coisas, ele não teria lojas nem a gente teria como viver, não? Que mal há em usar muitas coisas?

— Oh, não há mal em usar coisas necessárias para viver e mesmo para viver bem, como dizem. O problema é quando se usam coisas demais, muitas coisas, ficando dependente delas. Aí as coisas é que começam a usar você. Lembra da sua mochila no começo da viagem?

O menino balança a cabeça: saiu de casa com a mochila tão cheia que quase caía para trás. Mal saíram da cidade, já não aguentava mais. Sem falar, o mestre parou debaixo duma árvore e, abrindo a mochila, fez duas pilhas: numa, metade das roupas e coisas indispensáveis; na outra, o que podia ficar para trás. E ele teria de escolher:

— O cobertor ou o poncho?

Explicou que o cobertor era para dormir, o poncho era para vestir. O mestre falou que, sendo verão, não precisaria de roupas de frio, deixasse o poncho. E podia fritar também na panela ou cozinhar na frigideira, escolhesse uma ou outra. Ou o pente ou a escova. Ou a faca ou o cutelo. Ou a caneca ou o copo. E para que quatro calças? Duas bastariam:

—Veste uma, lava a outra.

Camisetas e meias também foram deixadas debaixo da árvore. Ele ficou olhando a pilha de roupas e coisas quando se afastaram. Alegre-se, disse o mestre:

— Alguém passará e pegará. Assim, você se livrou do peso e ainda vai ajudar alguém. Alegre-se!

Depois se livraria de mais coisas e roupas, até mesmo do cobertor, conforme a mochila mais pesava quanto mais andavam. Agora é uma mochila leve como a do mestre.

— Mas o que vamos comer? — aponta o fogo já virando braseiro. Nem sal eles têm mais: o mestre levava o sal em pacotinhos e o último usaram para salgar os peixes do almoço.

Oh, diz o mestre, hoje vamos jantar como Jesus.

— Pão e vinho?

— Jejum.

Deitados, o menino diz que nunca vai conseguir dormir assim, de barriga vazia. Vamos ver quem vai vencer essa luta, diz o mestre.

— Que luta?

— A da fome contra o sono. Aposto no sono.

5. A IDADE DAS ESPINHAS

Galos cantam quando o mestre sacode o menino:
— Acorde, olhe!

O sol nascente pinta as nuvens de muitas cores. Sentam e ficam olhando, até o mestre suspirar:
— Mas não comemos cores. Vamos procurar comida! Depois de um jejum, toda comida fica inesquecível!

Jogam lenha sobre as brasas, sopram, deixam ali as mochilas e vão por uma trilha no mato. O menino pergunta para onde vão, o mestre diz que só sabe para que vai:
— Pegar ovos. Onde tem galos, tem ovos.

Chegam a um sítio com bananeiras, laranjeiras e, numa clareira, uma casa com cachorros que latem para eles. Fique calmo, diz o mestre, agachando e estendendo a mão para os cachorros. Eles lambem, abanam os rabos enquanto o mestre afaga. Uma porta se abre na casa, um homem grita quem é.

Sou eu, grita o mestre. Eu quem, pergunta de lá o homem, e o mestre caminha para a casa.

— Eu.

— Mas não conheço você — o homem olha feio.

— Mas não deixo de ser eu — o mestre sorri. — Estou levando este menino para visitar a mãe morta, e estamos com fome. Pensei em comprar alguns ovos.

Uma mulher aparece atrás do homem, olha os pés do mestre empoeirados nas sandálias, pergunta se estão viajando a pé. Sim, diz o mestre, está levando o menino para visitar a mãe morta. Dê ovos para eles, diz a mulher, e o homem pega um saco plástico, vai até o galinheiro e traz cheio de ovos. O menino pega, alguns estão ainda mornos das galinhas. O mestre pergunta quanto é. Nada, diz o homem.

— Então me permita fazer algum trabalho para pagar.

A mulher vem da casa com pão nas mãos.

— Ele quer trabalhar para pagar — diz o homem. — E você está querendo fazer uma horta, não está?

Ela diz que precisa de um canteiro perto da casa, com a terra afofada e misturada com estrume das galinhas e vacas, e, se fizerem isso, ganharão também almoço. Vamos começar já, diz o mestre:

— Cadê pá e enxada?

Comam primeiro, diz a mulher dando o pão e pegando os ovos para fritar.

— Ou preferem omelete?

Tanto faz, diz o mestre, mas o menino diz que prefere omelete. Indo para a casa com a mulher, o homem fala alto que ajudar é uma coisa, mimar é outra, e ela ri.

O mestre avisa que vão buscar as mochilas, e, no caminho, o menino pergunta por que ele mentiu:

— Não vamos visitar minha mãe morta.

— Como não? Ontem mesmo você lembrou dela, não? Lembrar é um jeito de visitar, não acha?

— Acho que foi uma mentira.

— Uma mentirinha. Uma *satya*, como dizem os hindus. Uma pequena mentira que só vai fazer o bem. Ruim foi você querer omelete, o homem ficou enciumado. Mas vou dizer que o sítio está bem cuidado, o gado está bonito, ele vai gostar.

— Isso não é ser hipócrita?

— Não, porque o sítio está bem cuidado e o gado está mesmo bonito. Elogiar alguém faz bem para quem e para quem.

— Para quem?

— Para quem é elogiado e para quem elogia também.

Comem pão com omelete, tomando café com leite, depois fazem a horta, suando ao sol ardido da manhã, encharcam a roupa. Quando o homem volta do campo, chama a mulher para ver, dizendo que vai ficar uma bela horta. Belo é seu sítio, diz o mestre, muito bem cuidado, e o gado muito bonito também. É, diz o homem:

— Dá trabalho mas também dá satisfação.

— Feliz é quem gosta do seu trabalho — o mestre fala com a pá nas mãos. — Eu gosto de plantar. Posso deixar uma cova aberta para o senhor plantar uma árvore perto da casa?

O homem diz que não precisa chamar de senhor, e faz tempo que pensa mesmo em plantar uma árvore ali diante da casa, tem até uma muda esperando ali num vaso, mas é tanto trabalho com a lavoura e o gado... É pra já, diz o mestre, começando a cavar e dizendo ao menino para ir se lavar no riacho.

O menino se lava no riacho, põe roupa seca e, quando volta, o mestre está acabando a cova, larga e funda. Enche um balde de estrume e joga no fundo, o homem aprova balançando a cabeça. O mestre pega o vaso, arranca a muda, planta na cova, depois vai se lavar, enquanto o menino anda pelo pomar para não ficar ao sol do meio-dia. Quando o mestre volta, o homem convida para comerem na casa, e comendo o menino conta que pela primeira vez come numa mesa depois de sair de casa há mais de semana.

— E sua mãe está enterrada onde? — a mulher pergunta com olhos piedosos, ele engasga, mastiga, ganhando tempo para responder:

— Não sei, o mestre quem sabe.

Satya, diz o mestre.

— Satya? — o homem se pergunta. — Onde é isso? É um lugar pequeno, diz o mestre, e passa a elogiar a comida. Depois ganham mais um pão, mais ovos e um queijo. Voltando, diz o homem, podem chegar que nossa casa está aqui. Mas vai estar diferente, diz o mestre. O homem pergunta por quê, o mestre aponta a cova:

— Porque vai ter uma árvore, não é?

De novo na estrada, o menino diz que também está diferente.

— É? Por quê?

— Estou aprendendo a ser malandro.

Não, diz o mestre:

— Está aprendendo a ser gente. E trabalhou para comer, seu pai vai gostar de saber.

— Lidando com bosta de vaca, grande coisa.

— Oh, o estrume... É bosta de vaca hoje, amanhã será verduras e legumes... Aquela arvorezinha também crescerá com o estrume, florindo, frutificando... E o menino ranzinza de hoje talvez também vire um homem alegre... — e de repente o mestre pula feito um macaco, fazendo caretas, o menino não pode deixar de rir, riem de sentar em pedras na beira da estrada. Depois continuam sorrindo.

— Por que fez aquilo? Parecia um palhaço.

— Viro criança quando estou muito feliz.

— E por que está feliz?

— Por quê?! — o mestre para abrindo os braços. — Fizemos uma horta, comemos uma omelete deliciosa, almoçamos numa mesa, temos pão, ovos e queijo, fizemos amigos e plantamos uma árvore! É pouco?!

O menino balança a cabeça concordando, depois continua, acertando o passo com o mestre.

Chove e o menino pergunta se não vão se abrigar. Onde, pergunta o mestre. A estrada passa por campos cobertos de plantações de soja, não se vê uma árvore. O mestre diz que tem saudade de seu tempo de menino:

— Em vez de soja, o que cobria toda essa terra eram cafezais. Muita gente morava nos sítios e fazendas, plantavam laranjeiras e melancia nos cafezais. Várias vezes, quando a situação apertava na cidade, vim com seu pai chupar laranja e melancia nos sítios. Era um povo bom, davam comida pra gente. Até hoje não esqueço o gosto daquele feijão com arroz com um pouco de carne e algum legume cozido, repolho, abobrinha... Esquentavam numa chapa de ferro com areia, sobre o braseiro da fogueira, e, como começavam a trabalhar com o primeiro sol, almoçavam às onze da manhã, aí cochilavam na sombra das laranjeiras até uma da tarde, quando pegavam as enxadas de novo até as quatro da tarde, aí iam para suas casas cuidar das galinhas e dos porcos, da horta, e fazer a comida para a janta e para o dia seguinte...

— Eu pensava que mestres falavam pouco...

O mestre ri:

— Acho que é hora de lhe contar. Essa história de mestre foi seu pai que inventou, disse que você anda tão rebelde que chuta a própria sombra e xinga cachorro de rua.

— Eu nunca fiz isso!

— É modo de dizer. Mas ele contou que você andou com problemas na escola, até precisou de professor particular, que você destratou, além de outras coisas... É a idade das espinhas, sabe o que elas significam?

— Não sei mas sei que você vai me contar.

— É bom você me chamar de você.

— Se aquele homem do sítio pode, e mal conhece você, por que não posso?

— Não só pode como deve, é uma honra para mim. É o primeiro sinal de que podemos ser amigos. Mas voltemos às espinhas. Na sua idade, são tantos hormônios no corpo que até querem sair pra fora... É a idade das descobertas, da rebeldia, quando a gente cospe na sopa pra respingar na família, deixa de tomar banho pra ver se fede mesmo, e só gosta dos amigos da mesma idade.

— É verdade, estou de férias e, em vez de estar com meus amigos, estou andando por estradas de terra sem nem saber pra onde. E nem ao menos mestre você é!

O mestre ri:

— Seu pai achou que você só me respeitaria se me visse como super-homem, um sujeito que passa a vida viajando sem casa nem dinheiro, um aventureiro...

— Mas eu vi meu pai te dar dinheiro.

— E também viu que fui ao correio na primeira cidade depois, não? Foi para mandar o dinheiro de volta para ele, senão não teria graça. Ele me pediu para mostrar a você o mundo e a vida, como ele e eu vivemos na sua idade, e a gente não tinha dinheiro, com dinheiro agora não seria a mesma coisa.

A chuva engrossou, os pés agora amassam lama e barro. O menino fala alto por causa da chuva:

—Você é meio louco, não é?

O mestre ri:

— E você já viu como os loucos são felizes?

Quando a chuva afina, o menino fala baixo:

— Se você não é mestre, não vejo mesmo por que chamar de mestre. Tá certo, cara?

— Falou, carinha.

A chuva para. O menino diz que só tem duas mudas de roupa, e uma está molhada no corpo. Então vamos andar mais depressa, diz o mestre:

— Para o calor do corpo secar a roupa.

Andam sem falar, a roupa vai secando. Até que o menino fala que bom, que bom a mulher ter embrulhado o pão num saco plástico, não deve ter molhado. Como os fósforos, diz o mestre, e o menino pega a caixa no bolso, está úmida.

— Por que não embrulhou no plástico?

— Embrulhei, mas...

— Embrulhou de qualquer jeito. Então o jeito vai ser jantar ovos crus, já comeu ovo cru?

O menino faz careta, o mestre ri:

— Por que o nojo? Você também já foi um ovo, na barriga da sua mãe antes de nascer.

O menino vai levando a caixa na mão; para secar, diz ao mestre. O mestre pega, olha os palitos, as cabeças estão desmanchando, joga no mato.

— Podemos comprar outra, tenho uma moeda. Sempre ando com uma moeda.

— Pra comprar fósforos?

— Não, pra jogar cara ou coroa nas encruzilhadas.

É louco, resmunga o menino.

— E vamos dormir na terra molhada? O saco de dormir vai encharcar.

Posso ser louco mas não sou bobo, diz o mestre:

— Logo adiante tem uma rodovia com posto de gasolina. Já dormiu debaixo de caminhão?

O menino balança a cabeça contrariado como um homem sensato, o mestre ri feito menino.

6. Um tesouro

As roupas já estão secas quando chegam ao posto de gasolina, onde o mestre conhece os frentistas, o borracheiro, e no caixa pega uma sacola. O menino pergunta o que tem na sacola, o mestre diz que é um tesouro.

— Joias?

—Você vai ver.

— Dinheiro?

—Você vai ver.

— Se não são joias nem é dinheiro, o que pode ser, um tesouro?!

O mestre não responde, cortando o queijo com o canivete para dar pedaços aos frentistas, ao borracheiro, aos caminhoneiros, rindo, conversando. Dá o último pedaço ao menino, pede uma mordida para provar.

— Hum, nossa amiga sabe fazer queijo, hem?

— E você podia comer mais se não tivesse dado pra tanta gente.

— Foi pra não quebrar a corrente.

— Que corrente?

— Dar, receber, dar, receber...

— Quem garante que vai receber depois de dar?

— Ah, na vida só a morte é garantida, mas aí é que está a graça, né? Já pensou se a gente soubesse o que vai acontecer no dia seguinte, no minuto seguinte? Ia ser um tédio, não? E vai anoitecer, já tomou banho de caneca?

Diante duma torneira atrás do posto, o mestre tira a roupa, e da mochila tira a caneca. O menino olha em volta:

— E se aparecer alguém?

— Será algum caminhoneiro querendo tomar banho também, e decerto não vou ser o primeiro homem pelado que ele já viu.

O menino fica vendo o homem se molhar e se es-fregar, e ri. O mestre diz que gente ensaboada é mesmo engraçada, o menino diz que não é por isso:

— Estou rindo é porque pensei que deve ser verdade mesmo que a gente veio do macaco...

O mestre aponta no céu a primeira estrela:

—Viemos dos macacos e das estrelas.

O menino agacha.

— Acha mesmo que seres de outros planetas estive-ram na Terra? Já ouvi falar disso mas...

Não, diz o mestre:

— Não quis dizer que viemos de estrelas diretamente ou de alguém que veio de alguma estrela ou de outro pla-neta, não. Acho é que começamos a virar gente quando co-meçamos a olhar as estrelas... Tivemos de erguer a espinha, levantar a cabeça! Deixamos de ser como os macacos, que andam meio de quatro, não é? Ah, como é bom um banho de caneca!

— Não vejo por quê.

— Porque banho de caneca não é mesmo coisa de se ver, mas de sentir, né? A gente dá valor à água, cada canecada é um pequeno banho. Experimente!

O menino diz que já tomou banho de chuva, só vai trocar de cuecas, que ainda estão úmidas.

— E o que está esperando? O vestiário é aqui mesmo!

O menino olha em volta, tira as roupas, pega na mochila as cuecas secas, o mestre diz que é melhor se trocar depois de lavar as roupas sujas — e tira da mochila as roupas embarreadas de trabalhar de manhã, começa a lavar com um pedaço de sabão.

—Você não usa sabão para se lavar — repara o menino — mas usa pra lavar a roupa...

O mestre explica que sujeira não entranha na pele como nas roupas.

— Detalhes. A vida é cheia de detalhes. A pele sua, se livrando da sujeira. Os panos não, absorvem sujeira. Detalhes. Peixe é uma delícia, mas engasgar com uma espinha é um suplício. Detalhes. Aqui, por exemplo, não tem luz e está anoitecendo. Se você não lavar sua roupa logo...

O menino imita o mestre, ensaboando, esfregando nas mãos e batendo a roupa no chão.

— Na sua idade — o mestre esfrega as roupas — eu e seu pai acampamos na beira duma represa. Lá no outro lado uma lavadeira batia roupa numa pedra, e a gente só ouvia o som depois de um tempinho. A gente via ela batendo roupa lá, mas o som — plá — só chegava depois... Ficamos ali matutando, até que seu pai puxou conversa com um pescador, falou daquilo, por que seria que o som atrasava, e o homem riu, falou ué, o som viaja mais de trezentos metros por segundo, daqui até lá são uns quatrocentos metros, então chega aqui mais de um segundo depois, só isso. Seu pai ficou tão impressionado com aquilo que resolveu procurar escola, disse que não queria mais ser ignorante, queria saber como funciona o mundo...

— E você? Nunca procurou escola?

— Não. Seu pai foi antes, e depois me deu um tesouro.

O menino olha a sacola, o mestre diz que pode abrir e ver, depois que lavar as roupas e enxugar as mãos. O menino apressa. Estendem as roupas molhadas sobre touceiras de capim, vestem roupas secas, aí o menino abre a sacola.

— Só tem livros!

— Pois é, seu pai me ensinou a ler.

— E por que isso é um tesouro?!

— Mudou minha vida, me deu tanto!

— É? Deu o quê? Uma mochila e um par de sandálias? O seu chapéu, essas coisas?!

O mestre diz que a leitura lhe deu muitas coisas sim, mas...

— ... deu muito mais que coisas, deu sentimentos, deu visão, deu paz por entender melhor o mundo. Vamos comer?

Pão com ovo, resmunga o menino:

—Você deu todo o queijo, lembra?

O mestre vai para o pátio do posto, um caminhoneiro cozinha num fogareiro, ele dá os ovos, pede para dormirem debaixo do caminhão. Estendem debaixo da carroceria os sacos de dormir, e o menino diz que agora só comerão pão:

—Você deu os ovos também!

O mestre deita, sorri de olhos fechados, até o caminhoneiro chamar para a janta. Comem arroz com ovos fritos e bife com tomates, sentados em banquinhos, com pratos de alumínio nos joelhos, o mestre oferecendo o pão, o caminhoneiro abrindo lata de pêssegos para sobremesa, mais laranjas, café.

Depois escovam os dentes no sanitário, deitam e o menino diz que é muito fino o saco de dormir:

— Dá pra sentir o cimento nos ossos.

Mas não por muito tempo, diz o mestre:

— Trabalhamos e andamos bastante, vamos dormir logo. Não quer mais uma laranja antes de dormir?

— Não, comi tanto, não cabe mais nada!

— Então onde ia enfiar aquele queijo?

7. Os anjos

Roncam motores. Em vez de uma árvore sobre eles como nos outros dias, o menino vê o fundo da carroceria.

— Mestre, tá dormindo ainda?

— Estava.

— Por que você deixou os livros aí no posto?

— Para não carregar peso à toa, não ia ter tempo de ler caminhando.

— Então você não veio até aqui caminhando? Veio do quê, de carona? E por que então nós temos que caminhar?

O mestre se espreguiça. Caminhões manobram saindo para a rodovia.

— Não tem medo do caminhão sair passando por cima da gente?

O mestre sai do saco de dormir, senta, a cabeça quase tocando a carroceria, aponta o caminhoneiro dormindo numa rede suspensa ao lado do caminhão. Uma faixa de sol entra ali debaixo, o mestre diz que é a única hora em que o sol passa por baixo dos caminhões, e fecha os olhos com a cabeça iluminada.

— E daí? — o menino também senta. — Se o sol não passasse por baixo do caminhão, ia continuar sendo caminhão do mesmo jeito, não ia? E todo dia você acorda, senta e fica rezando de olhos fechados, eu tenho de ficar esperando, é um saco.

— Não estava rezando.

— Fazendo o que então?

— Nada. Meditando. Meditar é não fazer nada.

— E em que você pensa meditando?

— Em nada. Meditar é não pensar.

— E pra que não pensar?

— Para me achar.

O caminhoneiro se espreguiça na rede.

— Pra se achar?! Você não sabe que está aqui?

— A gente medita para se achar tranquilo, sem medo, sem desejos, em paz.

— Pois eu desejo estar numa praia como sempre nas férias, mas meu pai...

— Seu pai te ama e só quer seu bem.

— Mas me botou pra andar sem destino com um cara que dorme debaixo de caminhão e depois quer se achar.

— Caminhão que tem muito a ver com sua vida.

— É?! Por quê?!

— Porque são os caminhões que carregam as mercadorias para o comércio, e teu pai é comerciante, vive do comércio, portanto você também.

O menino fica olhando os eixos, as rodas, os pés do caminhoneiro baixando para o chão.

44

— Meu pai falou que eu ia aprender muita coisa com você, mas que é que aprendi dormindo debaixo de um caminhão?

— Talvez nada — o mestre suspira abrindo os olhos. — Mas talvez a gente aprenda alguma coisa viajando de caminhão.

Levanta e se espreguiça novamente ao lado do caminhão.

— Já meditou?

— Tentei. Conhece chimarrão?

O caminhoneiro está sentado num banquinho diante da chaleira no fogareiro, enchendo a cuia de mate. Agacha ali outro caminhoneiro. A chaleira chia, o caminhoneiro despeja na cuia a água quente, sorve a primeira golada, estala os lábios, sorve de novo, passa a cuia. Na sua vez, o menino limpa o bico da bomba na camisa, sorve um gole e faz careta, cospe.

— É amargo! Por que não botam açúcar?!

Eles riem, ele vai para o bar do posto, senta num tamborete, fica vendo gente tomar café com leite e comer pão com manteiga. O mestre entra, olha para ele e ri.

— Tá rindo do quê?

— De você. As três primeiras coisas proibidas em roda de chimarrão são: limpar a bomba, pedir açúcar e dizer que não gostou, e você...!

— Eu não disse que não gostei!

— Não, só cuspiu. Mas tudo bem, vamos tomar café logo, que arranjei carona.

Pede café com leite e pães com manteiga, o menino pergunta como vão pagar:

— Trabalhando de novo?

O mestre não responde, comem. Depois o mestre passa pelo caixa, pega fósforos e chocolates, manda marcar na conta. Pegam as roupas ainda úmidas atrás do posto, vão para um caminhão de motor ligado, sobem na boleia e o caminhoneiro parte fazendo o sinal da cruz.

O menino, na janela, pergunta se é seu pai quem vai pagar a conta no posto.

— Não, um dia eu pago.

— Então você usa dinheiro...

— Claro, dinheiro é a melhor e pior invenção, só os loucos e os santos não usam.

— Mas como você consegue dinheiro? E guarda onde?

O mestre não responde; abre um livro.

Rodam mais de hora, o mestre lendo, o caminhoneiro em silêncio. Lá pelo meio da manhã, o mestre fecha o livro, o caminhoneiro puxa conversa, logo está contando como comprou o caminhão:

— Eu era borracheiro e gostava duma branquinha. Todo dia carcava meia dúzia de dia, mais meia dúzia de noite, uma garrafa por dia no calor, no frio uma garrafa e meia. Nunca ficava bêbado, nem nunca tava são. Então fazia serviço porco, tratava mal todo mundo e vivia reclamando da vida. A borracharia era um chiqueiro, eu dormia ali numa cama com lençol marrom de sujo, tudo fedendo, barataiada zanzando pra cima e pra baixo. Eu não tinha freguesia, porque só parava ali quem tinha pneu furado e depois não voltava mais.

O menino repara que o caminhoneiro veste roupas limpas, a cabine cheira a limpeza.

— Até que um dia tive uma crise de fígado. Vomitei de ficar branco, fiquei sem força pra palmear um pneu leve. Não conseguia nem ver garrafa, dava calafrio. Sem um tostão, e dispensando serviço que aparecia, tão fraco que mal conseguia levantar da cama, e também não conseguia comer. Aí...

O caminhoneiro engole, os olhos se enchem, funga e continua com a voz molhada:

— ... apareceu um anjo, na forma de um trecheiro, um desses viajantes de beira de estrada, sandalinha de dedo, sacola amarrada nas costas, que nem mochila tinha. Pediu água, falei pegue, pegue que não consigo levantar pra lhe dar. Ele bebeu do filtro de barro que eu tinha ali, única coisa que minha mãe me deixou, aí foi até a cama, botou a mão na minha testa, me olhou nos olhos, falou que eu tinha medo.

— Medo?

— Medo de mudar de vida, ele falou, medo de sair daquele barraco onde eu tinha nascido e minha mãe tinha morrido. Perguntei como ele sabia, ele apontou na parede a foto dela comigo e com meu pai e meu irmão. Perguntou se meu pai ainda era vivo, falei que tinha ido pelo mundo, ele falou que daí a mãe tinha começado a morrer, até que morreu, e perguntei como é que ele sabia. Eu sei, ele falou, porque uma mãe não ia deixar um filho numa sujeira assim.

O homem funga, engole.

— Então perguntei o que eu podia fazer pra sair daquela vida, não tinha um tostão. Ele falou que tinha de ter era vontade, e alguma ajuda. Mas como, perguntei, de quem. Ele apontou de novo a foto, dizendo procura teu irmão. Aí lembrei de meu irmão passando ali de caminhão, uma vez, duas, três, sempre me convidando pra sair dali e ir com ele, mas eu tinha aprendido com o pai a ser borracheiro, dizia que não sabia fazer outra coisa. Meu irmão dizia que o que eu sabia fazer mesmo era beber igual o pai, aí eu bebia mais, ele emburrava e ia embora, até que nunca mais voltou.

O homem sorri.

— E então, mesmo que eu conseguisse sair daquela cama, como ia encontrar meu irmão? Procurando, falou o trecheiro, e bebeu mais água, me desejou boa sorte e se foi. Fiquei ali olhando a foto na parede, até que levantei, peguei a foto, esvaziei na pia uma garrafa de pinga, lavei pra tirar o cheiro que me dava ânsia, enchi de água do filtro, peguei carona na rodovia e fui procurar meu irmão sem saber onde. Mas no primeiro posto perguntei, mostrei a foto com ele mocinho ainda mas o motorista falou que conhecia, trabalhava pra ele, meu irmão já era dono duma transportadora. Me botou numa clínica e, quando saí, me levou pra trabalhar com ele.

O homem balança a cabeça como se ainda não acreditasse:

— Nunca mais bebi, aprendi a dirigir caminhão, trabalhei anos dirigindo por esse Brasil todinho, e fui guardando dinheiro, um dia falei que queria ter meu próprio caminhão e trabalhar pra mim. Ele disse que isso era o certo e me vendeu a prazo um caminhão usado. Depois comprei este aqui, novinho, e cuido de modo que ainda parece novinho, não é? E já tenho minha casinha, com minha mulher e meus filhos, na vida só sinto falta do gostinho de barro do filtro da minha mãe.

O menino vê que o mestre também está com os olhos úmidos.

O caminhoneiro funga e engole mais uma vez, depois liga o rádio e vai cantarolando com o mestre velhas músicas sertanejas. Numa encruzilhada, o mestre fala que vão descer ali, e o caminhoneiro fala vão com Deus.

De novo num posto de gasolina, o menino pergunta se o mestre já conhecia o caminhoneiro.

— Pareciam amigos. Você ficou lendo sem falar nada e ele também não falou nada, você parou de ler e ele começou a falar...

— E você aprendeu o quê?

— Mas que é que eu podia aprender com a história dele? Que é melhor parar de beber pinga?! Mas eu só bebo refrigerante, e, com você, nem isso!

— Pois você podia aprender, primeiro, a respeitar o silêncio dos outros. Ele dirige um veículo pesado, carrega cargas pesadas, troca pneus pesados, mas ficou quieto enquanto eu estava lendo, foi delicado, só ligou o rádio depois.

O menino engole.

— Que mais?

— Bem — o mestre fala olhando nuvens. — A história dele também mostra bem que a gente pode renascer em vida, mudar.

— Só falta você dizer que, quando ele morrer, vai pro Céu...

— Ah, ele já está no paraíso, você não viu? Trabalhando com alegria, lembrando da mulher com amor, tendo a sua casa e seus filhos...

— Só falta o filtro de barro da mãe dele, né?

— É — o mestre sorri. — Só falta o filtro da mãe dele.

Duas lágrimas descem pelo rosto do menino, enxuga com as mãos. O mestre não fala nada, ele explica:

— Lembrei da minha mãe.

Sentam no pátio do posto com as costas numa parede, ficam olhando nuvens até secarem os olhos do menino, só então o mestre fala:

— E te fez bem lembrar dela?

O menino balança a cabeça. Então, diz o mestre, você aprendeu mais uma coisa com esse caminhoneiro:

— Eles existem. Aparecem de repente, nos fazem bem e se vão.

— Os caminhoneiros?

— Não, os anjos.

50

8. As nuvens

Vão pelo acostamento da rodovia, até o mestre tomar uma estrada de terra. O menino pergunta para onde vai a estrada, o mestre diz que não sabe.

— Não sabe?! Então por quê...?
— Porque é uma estrada simpática, olhe só.

O menino vai resmungando: se é para ir sem saber para onde, por que não ir pela rodovia? Por isso mesmo, diz o mestre:

— A rodovia é cheia de placas avisando o que vem pela frente. Além disso, é perigosa mesmo para quem vai no acostamento, e barulhenta, com muita fumaça de escapamentos e sem passarinhos. Escute os passarinhos.

O sol está no meio do céu, e o menino diz que está ouvindo é a barriga roncar:

— O que vamos comer? Canto de passarinho?

O mestre tira da mochila duas barras de chocolate, dá uma ao menino. Vão comendo e andando entre paisagens com pastos e vacas.

— Você é um mestre esquisito, come chocolate. Eu pensava que mestres só comiam arroz integral com chá.

— Sou um mestre moderno. E aproveite, que é tudo que temos para comer.

— Pois é, mas se você tem conta naquele posto, podia ter pegado queijo, salame, bolachas, tinha tudo isso lá. Mas você prefere pescar e comer peixe assado em fogueira, né?

O mestre sorri, tomando uma estradinha para uma casa cercada por plantação de soja, com pomar do lado e galinhas ciscando pelo terreiro. Um homem mexe no motor de um trator num galpão, dá bom dia e pergunta o que querem.

— Um frango — o mestre aponta. — Mas não tenho dinheiro. Posso pagar com um livro?

O homem pergunta se é brincadeira, o mestre sério diz não, é um livro precioso:

— Dê uma olhada — e entrega um livro ao homem.

O homem pega, olha o mestre de alto a baixo, olha a capa do livro, folheia, lê um trecho, outro.

— Quer mesmo trocar pelo frango? Pode pegar.

Pegue o frango, diz o mestre ao menino.

— Eu?!

O mestre conversa sobre o livro com o homem, o menino tenta pegar o frango, que foge ligeiro, o menino tenta de novo, o frango foge.

— Mas como é que se pega frango?!

Dê milho, diz o homem apontando uma saca aberta no galpão. O menino enche a mão de milho, joga no terreiro, os frangos juntam bicando, ele vai por trás de um deles, consegue pegar.

— Muito bem — o mestre fala sem olhar. — Destronque.

— Eu?!!! Eu não!! Destronque você!

O menino empurra o frango no peito do mestre, que pega pelos pés com uma mão, com a outra pega o pescoço e dá um puxão, joga no chão e o frango fica se debatendo, o mestre volta a falar do livro com o homem. O frango para de se debater, mestre pede um pouco de sal, o homem vai para a casa e volta com um saquinho de sal. O mestre agradece, diz para o menino pegar o frango, voltam para a estrada.

— Que livro era aquele? Como você sabia que o homem ia se interessar daquele jeito?

Simples, diz o mestre:

— Era um livro sobre ecologia, com um capítulo sobre soja, plantio orgânico, soja transgênica etcétera. Dobrei a ponta da primeira página do capítulo, de modo que, quando ele folheou, abriu ali e leu sobre soja. Todo mundo se interessa em ler sobre o próprio trabalho.

— Quero ver é se vai ser simples depenar e limpar o frango... — o menino vai resmungando. — E eu enjoei de frango, o pai não gosta de carne de boi, então tem frango todo dia em casa, frango ensopado, frango empanado, frango frito, frango de tudo quanto é jeito...

O mestre sorri, enfiando na boca mais um pedaço de chocolate, o do menino já acabou e ele balança a cabeça inconformado:

— Não sei como você consegue comer tão devagar uma coisa tão gostosa.

— Por isso mesmo. Vamos parar no riacho.

— Que riacho?

Depois da próxima curva chegam a um riacho, o mestre procura uma árvore, pede ao menino para catar lenha. Quando o menino volta com braçada de galhos secos, o mestre já arrancou as penas maiores. Queima uma delas para acender fogueira. Com o canivete, corta o pescoço do frango, jogando a cabeça no riacho. Corta no começo das coxas, e com alguns puxões arranca a pele, o frango pelado parece bem menor, a carne sangrada, e o menino faz careta.

— Onde você aprendeu isso?

— Na universidade.

— Você estudou em universidade?

— Universidade da vida. Corte os espetos.

O menino pega a faca e vai para o mato. Quando volta com varas de taquara, o fogo já está virando braseiro. O mestre faz espetos, manejando o canivete com ligeireza.

— Com canivete você é mesmo mestre, né?

O mestre sorri cortando o frango em metades, e salga e espeta, deixa os espetos encostados na árvore até fincar dois pares de forquilhas no chão. Põe os espetos sobre as forquilhas, suando, diz para o menino cuidar do fogo e vai para o riacho tirando a roupa. Pula na água e brinca feito moleque, mergulha e se esfrega, mergulha, brinca. Quando volta, já vestido de novo, diz agora vai você, mas o menino continua ao lado do fogo. O mestre estende o saco de dormir, deita e fecha os olhos, só abre para colocar paus na fogueira, o fogo lambe a carne. Quando a carne doura de um lado, vira os espetos. O menino foi andar pela beira do riacho, jogar pedras na água. Quando volta, o mestre lhe dá um espeto. Ele come se lambuzando.

— Por que é que fica tão gostoso?

Simples, diz o mestre:

— Só sal e fogo.

Lavam-se no riacho com o pedaço de sabão, e o menino olha espantado as mãos:

— Que que é isto?!

— Bolhas, de lidar com a pá e a enxada ontem no sítio. Nunca teve bolhas nas mãos?

O menino olha as palmas das mãos, o mestre diz que não cutuque as bolhas, deixe formar a nova pele debaixo da pele velha. Volta a cochilar debaixo da árvore, e o menino cutuca as bolhas, arranca a pele, geme baixinho, xinga. O mestre levanta, recolhe as coisas, o menino se coça.

— Por que estou com tanta coceira?

— Porque não quis tomar banho ontem e hoje também não.

O menino tira a roupa, vai para o riacho, demora, volta alegre:

— Que gostoso!

O mestre está olhando o céu.

— O que você tanto vê nas nuvens?

—Vejo que sem parecer que mudam elas mudam sem parar. Como a gente.

O menino se veste e encara:

—Você quer me mudar, né? Meu pai pediu, não é? E você acha que eu vou mudar só porque vocês querem, é?!

Não, diz o mestre:

—Você muda porque é inteligente, sensível e bom.

Vai para a estrada, e o menino emparelha para ver se ele está sorrindo, mas está sério, e o menino então vai também olhando as nuvens, sorrindo leve e leve se sentindo.

9. A MOEDA

Chegam a uma encruzilhada. O menino senta numa pedra, tira os tênis, massageia os pés. O mestre pergunta se estão doendo. O menino balança a cabeça, tira as meias brancas, vê que estão marrons de poeira e suor, diz que o pior é que só trouxe dois pares de meias:

— Ponho um, tenho de lavar o outro!

O mestre pousa a mochila.

— Por que você não gosta de trabalho? A vida é feita de trabalho o tempo todo!

O mestre aponta o Sol:

— A Terra trabalha rodando em volta do Sol. O Sol também roda pelo espaço o ano inteiro. A Lua roda em volta da Terra, e, por causa disso, o mar sobe e desce em maré alta e maré baixa. E no mar os peixes trabalham procurando comida o tempo todo, como também os animais da terra.

O menino massageia os pés com os beiços em bico.

— No nosso corpo, tudo trabalha para a gente viver: o pulmão respira, o coração bate, o estômago digere, tudo trabalha! As raízes da árvore trabalham tirando minerais da terra para transformar em seiva, o tronco trabalha levando a seiva para os galhos, que trabalham sustentando e renovando as folhas, que trabalham respirando e tomando sol, para a flor trabalhar virando fruto, que trabalha fazendo a semente que vai virar nova árvore, tudo trabalha o tempo todo! Até nenê trabalha sugando o leite da mãe, e você não quer trabalhar...

A penugem sobre os lábios escurece mais quando o menino embica os lábios.

— Então por que rico não trabalha?

— Como não? Tem de escolher empregados e auxiliares, comprar, vender, investir, fiscalizar, senão fica pobre! Seu pai mesmo, tem lojas mas trabalha mais que qualquer dos empregados, não é?

— É — o menino resmunga. — Tem dia que ele chega em casa só bem de noite.

— O que também é besteira dele. Trabalho é vida, mas trabalho demais mata. E o segredo de viver bem é gostar de trabalhar e trabalhar no que gosta.

— E essa falação toda é pra eu gostar de lavar as meias?

O mestre enfia a mão na mochila:

— Quando começamos esta viagem, falei que tênis não é bom pra viajar a pé, mas você não quis ouvir. Agora experimente isto.

O mestre tira um par de sandálias da mochila.

— Não precisam de meias. São ventiladas. São mais leves. Não dão frieira nem chulé.

58

O menino tira as meias, calça as sandálias, dá alguns passos.

— E o que faço com os tênis?

O mestre junta gravetos e paus, faz uma fogueira. Põe as meias sobre o fogo, depois os tênis. Pega a mochila, volta para a estrada, mas o menino estaca:

— Não vai jogar a moeda? É uma encruzilhada, não é?

O mestre lhe entrega a moeda:

— Jogue você. Cara, para a direita. Coroa, para a esquerda.

O menino joga a moeda, agacha:

— Coroa, esquerda.

— Então vamos para a direita.

— Mas você disse...

— Só pra contrariar a sorte, vamos!

O menino vai resmungando:

— Espero que dê sorte contrariar a sorte, porque eu tô com fome de novo...

Param de hora em hora, e o mestre sempre deita.

— Por que você deita tanto?

— Pra não inchar os pés nem as mãos.

— Meus pés não estão inchados, nem minhas mãos.

— Você é jovem. Sabe por que Napoleão perdeu a batalha em Waterloo, mesmo com muito mais tropas?

— Já vou saber porque você vai contar.

— Detalhes. Primeiro, mesmo com o campo encharcado de chuva da noite, Napoleão mandou seu exército marchar depressa até o local da batalha, fatigou as tropas, enquanto as tropas inglesas já estavam descansadas no local. Foi um dos detalhes que decidiu a batalha.

— Outro detalhe é que logo vai anoitecer e a gente tem sal e fósforos, mas não tem comida nenhuma. Vamos pescar de noite em algum riacho?

O mestre diz que não sabe se há riacho pela frente, e estão numa região de soja, os riachos são poluídos de pesticidas, sem peixes.

— E vamos comer o quê?

— Só Deus sabe. Só sei que, ficando parados aqui, não vamos comer nada.

O menino vai resmungando:

— Quando voltar, acho que vou procurar um promotor, denunciar meu pai e você por maus-tratos.

O mestre ri, o menino se irrita:

— Você pensa que estou brincando, não é?

— Claro. Está ouvindo?

— O quê?

O menino escuta: roncos de motores. Deus ouviu seus resmungos, diz o mestre. Vão na direção da primeira estrela, saem numa rodovia.

— Jogue a moeda.

— Não, pra mim chega de andar à toa. Jogue você, eu vou é contar ao promotor que... Ei, não vai jogar a moeda?

O mestre foi pelo acostamento, passam caminhões carregados, lançando lufadas de ar, ele vai atrás. Já anoiteceu quando fala:

— Era um frango pequeno...

—Você quem escolheu.

— Eram todos frangos pequenos!

— Então você escolheu bem.

— E acabou a água do cantil.

— Que bom, você vai beber com gosto quando achar água.

— Não tem no seu cantil?

O mestre não responde. Passam por uma ponte, o rio escuro lá embaixo, o mestre fala que já dormiu debaixo de ponte:

— Junto com seu pai, num dia de muita chuva, achamos um canto bem seco debaixo duma ponte. Cada caminhão que passava, fazia um barulhão. E fazia frio, tentamos fazer uma fogueira, não conseguimos. Então seu pai falou que um dia ia ter uma casa com lareira, nunca mais esqueci, chuva caindo, o céu relampeando, trovoando, e ele dizendo que um dia ia ter uma casa com lareira.

— Nossa casa tem lareira. Só acendemos uma ou duas vezes por ano, mas tem.

— Seu pai é um homem de palavra.

Aparecem luzes longe.

— Dá saudade de casa. Tomar banho de chuveiro, dormir numa cama...

Relâmpagos coriscam no horizonte. Começa a ventar com cheiro de chuva.

—Vai chover — diz o menino. — Não é melhor voltar para a ponte?

— Não, acho que hoje é melhor dormir numa cama.

Aparecem lá adiante luzes de neón. Começa a chover quando chegam a um posto com churrascaria e pousada. O mestre vai para a pousada, pede um quarto, só há chalés. Que seja, diz o mestre tranquilo. Vão para o chalé debaixo de um grande guarda-chuva, com porteiro levando as mochilas, e no chalé o menino espera o porteiro sair para perguntar:

— Como você vai pagar isso? Vamos ter de trabalhar uma semana?! Ou você tem dinheiro, não é? Tem dinheiro mas fingiu que não tem só pra...

O mestre diz que não tem dinheiro, enfia a mão na mochila e tira um cartão.

— Cartão de crédito? Você tem cartão de crédito?!

— Cartão de débito. Cartão de crédito tem juros muito altos, os bancos são agiotas. Você não queria tomar banho de chuveiro?

10. O MAR

De manhã um galo canta, outro responde. Na cama, o menino ri:

— Tô lembrando de ontem na churrascaria. O garçom olhou a gente de sandálias...

— ...pensando *são uns pés de chinelo* — o mestre sorri de olhos fechados. — E perguntou se a gente ia querer comercial, que é barato.

— Aí você falou que não, que a gente ia comer rodízio.

— E ele perguntou se eu ia pagar com cheque, falei que estava na pousada e ia pagar com cartão. Em vez de ir pra cozinha, ele foi pra portaria, decerto perguntar se os pés de chinelo estavam mesmo na pousada.

— Aí voltou e ficou olhando a gente pegar salada no balcão, até que você chamou e pediu a tal carta de vinhos. Olhou a tal carta e falou que não ia pedir nenhum porque eram só vinhos nacionais, daí ele começou a servir melhor a gente, trazendo carne e mais carne, oferecendo isso e aquilo... Foi engraçado.

Preconceito, diz o mestre, nunca é engraçado:

— A pessoa não só julga os outros, como também julga antes de conhecer, portanto erra duas vezes. Não é engraçado, é triste.

— Mas o seu cartão é de verdade, né? Senão vai ser triste na hora de pagar a conta...

O mestre ri, o menino liga a tevê, ele desliga.

— Só prometi uma coisa a seu pai, que não ia deixar você ver tevê, ele diz que é o que você mais faz na vida. E televisão demais emburrece. Vamos tomar café.

— E voltar pra estrada sem destino?

— Não, vamos pra casa.

— Já?!

— Mas não pra sua casa. Pra minha casa.

— Você tem casa?!

— E bem grande.

Tomam café, o mestre paga a conta da pousada, saem e o mestre vai para uma van no estacionamento. Um homem cumprimenta:

— Bom-dia, chefe.

Na porta da van está escrito *Pousada Sol*, entram e o menino pergunta se vão para outra pousada. O mestre diz que sim, mas especial:

— Tem uma grande visão.

A van roda a manhã toda, o menino dorme estirado num dos bancos, acorda sacudido pelo mestre. Levanta e se vê diante do mar. A van está num jardim, entre chalés espalhados por uma colina gramada, com piscina azul rebrilhando ao sol. O mestre faz um gesto largo acompanhando o horizonte:

— Não é uma grande visão?

— É... E vamos ficar aqui até quando, amanhã?

— Até o fim das férias.

— Mesmo? Meu pai quem vai pagar a conta?

O mestre se afasta com a mochila, o motorista pergunta ao menino onde ele vai ficar, na casa grande?

— Que casa grande?

— A casa do chefe. Ou o senhor vai para um chalé?

— Chefe mesmo, é? Pensava que era modo de falar. Então ele é o dono disto aqui?!

Claro, diz o motorista levando a mochila, e o menino fica olhando o mestre já sem a mochila e de maiô a caminho do mar.

O menino tira o maiô da mochila, tira a roupa num vestiário, veste o maiô e também vai para o mar. Fura ondas, nada, pula, corre pela praia. O mestre faz ioga sobre uma esteira de palha na areia, depois fica de olhos fechados sentado sobre as pernas dobradas. O menino ofegante:

— Está meditando?

— Estava — o mestre abre os olhos.

— Não entendo que graça tem ficar assim sem fazer nada.

— A graça suprema de se sentir ligado ao Universo — o mestre pisca sorrindo. — Sentir as estrelas pulsando dentro de você.

O menino coça a cabeça.

— Quando você coça a cabeça, é porque quer perguntar. Pergunte.

— Meu pai sabe que você faz essa tal ioga e... sente estrelas dentro de você?

O mestre ri, o vento passa, as ondas batem.

— Não vai responder?

— Certas perguntas o silêncio responde.

O menino olha o mar, pergunta que barco é aquele parado lá depois da arrebentação. É um navio, diz o mestre, um pequeno navio abandonado, ancorado lá faz muito tempo. O menino diz que nunca viu um navio de perto.

— Dá pra ir nadando, não dá? Na piscina eu nado mil metros, e até lá devem ser menos de quinhentos.

— Mas não é piscina, é mar. E é preciso ir e voltar...

— Eu vou — o menino enche o peito.

Vai para o mar, olha para trás, o mestre continua lá na areia. Então fura as ondas, começa a nadar de peito depois da arrebentação, olhando o navio, e fala para o vento:

— Menos de trezentos metros...

— Mas é preciso ir e voltar... — é a voz do mestre, nadando ali atrás dele.

Nadam, e ele vai comprovando que nadar no mar é mesmo muito diferente de nadar na piscina, as ondas passam volumosas, ainda sem se curvar como fazem antes de arrebentar, mas fazendo ele subir e descer e o navio lá aparece e some, aparece e some. Tem de cortar a respiração para não engolir água na descida das ondas, e assim vai com a respiração aos trancos, cansa. O mestre vai ao lado, nadando e sorrindo.

Já perto do navio, o menino vê as correntes da âncora; descansará agarrado nela para depois voltar.

Mais perto do navio, vai de nado livre, para chegar logo e descansar, e volta ao nado de peito só quando está quase no navio; então vê que a corrente, de elos grossos como seu braço, está coberta de mariscos, como também o casco até meia altura. Pergunta ao mestre se os mariscos são do tipo que corta.

— Que nem navalha — o mestre continua sorrindo.

— E por que não me avisou?

— Qual o problema? É só nadar de volta...

O menino olha o navio encracado de mariscos, a praia lá agora tão longe. Começa a nadar de volta, o mestre ao lado sempre sorrindo. No meio do caminho, ele fala não sei, não sei se vou aguentar, o mestre fala para ir com calma. Ele vai, sabendo que nada ou pede socorro. Nada, nada, nada. Passa pela arrebentação e toma pé, vai tropeçando. Finalmente na areia, cai ofegante, e só depois de muito respirar fundo retoma o fôlego, o mestre agachado ao lado respirando fundo também.

— Respirar é bom, não é? Bom também o passeio ao navio, não?

— Não! E não sei por que você foi e voltou sorrindo, pra me gozar, né?

— De modo algum, meu amigo — o mestre fala sério. — É que sorrindo fica mais fácil enfrentar desafios, a gente mantém a calma.

— E se eu não tivesse aguentado?

— Eu te ajudaria.

— E se não conseguisse e eu me afogasse, como ia contar ao meu pai?

— Não ia contar, decerto ia morrer também tentando te salvar.

O menino ofega agora de raiva:

— Você é mesmo meio louco, não é? Arriscou minha vida pra me ensinar o quê?! A tomar cuidado com o mar?!

— Oh! — o mestre ri. — Se fosse só pra isso, não valia a pena. Foi também pra aprender a medir bem os desafios antes de enfrentar, mantendo a calma sempre.

— Mas eu nem vou viver perto do mar, e agora acho que nunca mais quero saber de mar!

— Estou falando dos desafios da vida, do mar da vida. Vamos almoçar?

11. Ana

Ele está pegando um grande bife, uma voz de mulher diz que o peixe deve estar ótimo:

— É peixe pescado no dia, filha.

É uma mulher da idade que teria a mãe dele se estivesse viva, e a menina de cabelos curtinhos pega peixe e muita salada, olha o prato dele só com carne e batatas. O refeitório da pousada é todo envidraçado, e ele come vendo céu e mar, e os peitinhos da menina cutucando a blusa. O mestre foi receber novos hóspedes, agora faz um prato de peixe e salada e senta ao lado dele:

— Não quer peixe? É peixe...

— ... pescado no dia, já sei. Mas prefiro bife de boi, bicho que nem chega perto de mar.

O mestre come, e na mesa ao lado a menina ouviu e sorriu. Quando ele vai pegar salada de frutas, ela também vai e pergunta por que ele não gosta de mar. Ele olha os olhos castanhos claros dela, tão bonita como a mãe, embora parecendo até menino com os cabelos cortados quase escovinha. Em vez de responder, ele pergunta:

— Por que você corta o cabelo assim, joga futebol?

Ela sorri, diz que cortou para mergulhar, cabelo comprido atrapalha:

— Meu nome é Ana, e o seu?

Ele diz o nome e vai sentar. O mestre apresenta a mãe dela, ele resmunga muito prazer, e come de cabeça baixa vendo as belas pernas da mulher. Depois as duas vão para um chalé, e o mestre diz que ele pode também escolher um dos chalés:

— Será sua casa, mas precisará arrumar a cama todo dia, botar as toalhas para secar e cuidar da limpeza. Se não quiser fazer isso, pode ficar num quarto aqui na casa, que tem arrumadeira.

É assim a pousada, explica o mestre: quem quer mordomia, paga mais nos quartos no casarão; ou paga menos nos chalés sem arrumadeira.

— E pode pagar menos ainda se cozinhar, o chalé tem cozinha. Prometi a teu pai te ensinar a cozinhar.

— E-u?! Co-zi-nhar?!

— A não ser que você não queira, claro.

— Não quero. Mas posso ficar no chalé assim mesmo, né?

Quando pequeno, o pai fez casinha para ele numa árvore, na verdade só uma plataforma de tábuas amarradas nos galhos, mas ele passava lá tardes inteiras, fazendo daquilo navio, avião, caminhão, que ele pilotava roncando o motor na boca, entre mares e nuvens, montanhas e estradas a perder de vista. Mas agora o chalé era uma casa mesmo, só sua, quarto-sala, banheiro, cozinha e varanda de onde via o mar.

Ver o mar lembra ver tevê, ele liga mas descobre que está sem fio. No chalé vizinho, um homem estende roupas num varal, e logo adiante fica o chalé da menina; então ele vai falar com o homem. Oi, oi. O homem continua estendendo roupas de vestir e também lençóis e fronhas.

— Além de arrumar, é preciso *lavar* a roupa de cama?

— Não — o homem sorri olhando o varal como se fosse uma obra de arte. — É que faz bem — e respira fundo. — Eu estava precisando disso.

Uma caminhonetona está ao lado do chalé, com carreta coberta de lona, e ele pergunta com que o homem trabalha.

— Sou empresário.

A menina aparece na varanda do outro chalé, acena. Ela está de biquíni, e a mãe aparece de biquíni também, uma mulher da idade da mãe dele e ainda sem barriga, cheia de curvas, e a menina também começa a ter as suas. Elas vão para o mar levando mochilas e o homem diz que está na hora, vai para a caminhoneta e pega também uma mochila, vai atrás delas. Ele vai também: que diabo vão fazer de mochila no mar?

Uma lancha está na praia, o piloto com roupa de mergulho, e elas e o homem tiram das mochilas e também vestem roupas de mergulho. Sobem na lancha, colocam máscaras, nadadeiras nos pés e os cilindros de ar nas costas, um ajudando o outro. A menina pergunta se ele quer ir, pode usar a máscara dela e as nadadeiras da mãe:

— Você tem os pés maiores que os meus.

Ele sempre se achou de pés grandes, e cora, e, sabendo que está corando, diz que não, não quer mergulhar, saco. Não precisa mergulhar fundo, diz a mulher, pode mergulhar só na superfície, verá peixes e plantas, não precisa ter medo que não tem perigo.

— Não tenho medo — ele cospe no mar lhe lambendo os pés. — É que não gosto de mar, já falei.

Eles empurram a lancha com a hélice levantada, embarcam e o piloto baixa a hélice, liga o motor e, mesmo depois que a lancha parte, a menina fica olhando para ele e acena, ele não. Passa a tarde andando pela praia, catando conchas e caramujos, e quando se vê longe e fora de vista, entra no mar e brinca nas ondas. Anda mais, fica vendo pescadores a puxar uma rede. Um pergunta se quer ajudar, ele ajuda, e sente o coração bater forte de esforço e emoção ao ver os peixes pulando na água quando a rede vai saindo do mar. Na areia os pescadores dividem certa quantidade de peixes para cada um, e ele ganha um de mais de dois palmos.

Um pescador cata um galho de arbusto no matinho beirando a praia, enfia pela guelra do peixe, para ele pegar como alça; e, quando ele vai chegando à pousada, a menina vem correndo:

— Você pescou? Que grande! Vai assar ou cozinhar?

Ele deixa o peixe na pia da cozinha do casarão, vai tomar banho no chalé. Depois põe a toalha no varal, vai para o refeitório, vazio; vai para a cozinha, lá estão o mestre, o empresário, a menina e a mãe. Chegou bem a tempo, diz o mestre:

—Vamos aprender risoto de mariscos.

Ele fica na porta, a menina pega pela mão dizendo vem, vem, vamos aprender! E ele se vê escolhendo arroz na mesa ao lado dela, a mãe cortando cebola e legumes, o empresário lavando mariscos. O cozinheiro diz o que eles têm de fazer, e o mestre vai limpando tudo depois que eles usam a pia, a tábua de picar legumes, a panela dos mariscos, e joga as cascas no lixo, calado como um empregadinho.

O cozinheiro mostra como fritar o arroz com só uma colher de azeite, mexendo na panela com colher de pau e cebola picada, até o arroz soltar estalidos, então despeja a água fervente. Fala que, enquanto o arroz cozinha, ele pode limpar o peixe.

— Eu?

—Você pescou — diz o mestre. —Você limpa.

— Eu não pesquei, ganhei!

O mestre lhe entrega uma faca denteada, aponta o tanque lá fora, pede que tampe o ralo para não entupir de escamas, e pisca:

— Detalhes.

A menina pega pela mão e vão para o tanque. Ela mostra como descamar, abrir o peixe e tirar as tripas, cortar a cabeça, que ele vai jogando no lixo, ela não deixa, dá para fazer pirão. Depois debruçam no tanque para recolher as escamas, e ele vê os peitinhos dela e sente seu cheiro de sabonete.

73

Na cozinha, ela coloca a cabeça do peixe para cozinhar, o cozinheiro abre o peixe em metades, banha com limão, passa sal e alho moído, bota no forno. O arroz cozinha já quase esgotando a água, o cozinheiro despeja na panela os mariscos e os legumes picados, mexe, joga por cima manjericão picadinho, desliga o fogo e fecha a panela, envolve num pano dizendo que terminará de cozinhar sem fogo, para ficar com sabor apurado e aroma. O mestre chama para ver a lua levantar enquanto o peixe assa.

Sentam no varandão e a lua levanta inchada, deixando uma esteira prateada no mar. Que lindo, diz a menina, respirando fundo e olhando de repente para ele, pega seu olhar nos peitinhos a descer e subir cutucando a blusa, e agora é ela que cora.

Ele pergunta se o peixe não vai assar demais, o mestre diz que o peixe avisará quando estiver pronto. Continuam vendo a lua, a subir desinchando mas brilhando mais, até que a brisa traz o cheiro do peixe assado e o mestre diz pronto, o peixe está avisando. Comem e depois a mulher lhe agradece pelo peixe. Eu não fiz nada, diz ele:

— Só ajudei a puxar a rede.

— E trouxe o peixe, e limpou. Quer pescar com a gente amanhã?

Quer sim, diz a menina, mas ele diz que não sabe. Depois vão todos andar pela praia, o empresário conversando com o cozinheiro, o mestre com a mulher, ele com a menina. O luar clareia a praia como um longo lençol, e a menina escreve o nome dele na areia, com o dedão do pé, então ele escreve o nome dela. Ela corre para o chalé, a meio caminho para e grita para ele ir, sim, pescar amanhã.

Ele vai para o chalé, deita com a luz acesa, ouvindo as ondas a bater no próprio coração.

12. Herói

Acorda com céu azul na janela e a luz apagada. Veste-se e sai, o mestre está na varanda sentado sobre as pernas, olhos fechados.

— Quantas vezes você medita por dia?

O mestre sorri sem abrir os olhos:

— Bom-dia. Você não é mais criança, apaguei a luz.

Ele vai para o refeitório. Toma café bem devagar, mas ela não aparece. Vai para a praia, o mar apagou os nomes. Volta para o refeitório, as mesmas xícaras continuam nos mesmos lugares.

— Ela saiu cedo para pescar — diz o mestre tomando café.

— Eu não perguntei.

— E só vão voltar à noite.

— Não perguntei.

Ele vai para a praia tirando as roupas pelo caminho até ficar só de maiô, joga as roupas na areia e se joga no mar, fura ondas, esmurra a água, pula, esmurra, até que vê ela e a mãe na praia. O mestre entra no mar, ele pergunta por que disse que tinham ido pescar. Menti, diz o mestre sorrindo:

— Afinal, você não queria ir pescar, não é? Vamos à tarde.

Ele sai do mar, a mulher lê debaixo de um guarda-sol, a menina faz um castelo de areia, ele passa ao lado, ela dá bom-dia e pergunta:

— Você não disse que não gosta de mar?

Ele não responde, agacha diante do castelo que ela faz com capricho:

— Pra que fazer isso se o mar vai desmanchar?

— Por isso mesmo.

Ele vai para o chalé, por uma fresta da cortina fica olhando ela na praia muito tempo fazendo o castelo, e chega a sentir até uma dor no peito, um peso. Deita e continua a ver o sorriso dela no teto, os olhos dela na janela, sente no travesseiro o cheiro de sabonete dela. Levanta, vai para a praia, ela está no mar com a mãe e o mestre. Ele vai até lá, vê que eles pegam ondas na arrebentação, indo até a praia rasa com onda arrebentando nas costas. Ele tenta, não consegue. Ela ensina, é preciso pegar a onda quando está arrebentando, e deixar que arrebente bem nas costas da gente, e pegam uma onda grande, vão até água de um palmo de fundura, levantam sem fôlego e ela abraça:

— Foi o melhor jacaré que já peguei!

Os peitinhos lhe cutucam as costelas e ele sente que está crescendo no meio das pernas, volta correndo para o mar.

Depois do almoço embarcam e vão ancorar perto de uma pequena ilha rochosa.

— Fui herói nessa ilha — diz o mestre; ele pergunta por quê.

— Porque vivi um mês ali.

— E viver um mês numa ilha é ser herói?

O mestre diz que levou para a ilha apenas sal, uma faca, três anzóis, um carretel de linha e uma caixa de fósforos...

— ...mas não foi isso que me fez herói.

— O que fez você herói então?

— Querer aprender. Ser herói é aprender. Quer aprender a pescar?

Eu quero, diz a menina, e logo ele se vê junto com ela a lidar com anzóis, linhadas e iscas. O empresário e a mulher mergulham com cilindros de ar, voltam com peixes trespassados pelos arpões. O mestre limpa os peixes, colocando num isopor com gelo e jogando as tripas num tambor.

A menina pesca um peixe, outro e mais outro; ele deixa de pescar. O mestre pega suas mãos, cheira, pergunta se ele pegou em graxa ou óleo. Ele diz que pingou óleo no molinete da vara, o mestre diz para lavar as mãos com limão:

— O óleo da mão deixa cheiro na isca, o peixe refuga.

Ele diz que não quer pescar, mas a menina corta um limão, espreme nas mãos dele. Ele esfrega as mãos, lava, volta a botar isca no anzol; pega o primeiro peixe, passa a pescar disputando com ela. Quando o sol bica o horizonte, perderam a conta de quantos pescaram, o mestre encheu a caixa; a mulher e o homem voltam para a lancha e o mestre joga no mar as tripas do tambor. Ele e a menina olham com orgulho a caixa cheia, o mestre agradece dizendo que tem peixe para uma semana na pousada, vão chegar novos hóspedes.

— Então não vão pescar de novo amanhã?

Bem, diz o mestre, podem pescar de novo, no congelador cabe muito peixe. Ele diz que quer pescar mergulhando, a menina diz que também, só sabe mergulhar na superfície e quer ir para o fundo. O mestre diz que não é fácil, é preciso aprender uma porção de coisas, lidar com o respirador, os cilindros, a descompressão, os controles, inclusive do pânico.

— Eu quero — ele garante, o mestre diz que então está combinado, amanhã.

Voltando para a praia com a lancha apontando para o poente nos morros, ele se ouve perguntando o que vão aprender hoje na cozinha.

13. No fundo

— Chega! Já decorei tudo isso! — ele reclama quando o mestre repete mais uma vez uma das instruções para mergulho. — Vamos logo para a piscina!

Desde manhãzinha estão na sala do casarão vendo vídeos e ouvindo instruções, e ainda faltam os testes na piscina. Paciência, pede o mestre, mergulhar é perigoso:

— É preciso muita atenção na instrução para depois saber o que fazer no mar.

Colocam as máscaras, nadadeiras, cilindros e pesos, e na piscina ele rapidinho já está mergulhando, afinal já mergulhou muito em piscina. Ela se atrapalha com o respirador, ele ri, o mestre pede atenção, ela continua a tentar, séria e atenta. O último teste é o do cachimbo, explica o mestre:

— Sempre mergulhamos em duplas até porque, se acabar o ar de um, deve fazer para o companheiro este gesto — como cortando a garganta com a mão — e ele nos oferece seu respirador. Respiramos, devolvemos o respirador, como se fumando do mesmo cachimbo, e assim, devagar, vamos subindo juntos porque, como já vimos na instrução, subir depressa pode causar embolia.

O mestre faz cachimbo com ela, depois com ele, depois dele com ela. Debaixo da água e de máscaras, ela pareceria um menino se não fosse o sutiã do biquíni, e trocando o respirador de boca para boca, de novo ele se sente crescer lá embaixo.

O vestiário tem um espelho grande e, depois, quando tira o maiô, ele assusta: um tufinho de pelos cresce ali, e parece que tudo mais também cresceu! Olha bem, e os pelos das pernas também estão crescendo! Chega bem perto do espelho, e a penugenzinha escura do bigode está mais escura.

— Tomara que cresça também por dentro — é a voz do mestre, que entrou silencioso como sempre.

Almoçou e, depois do almoço, ele quer ir logo para o mar, o mestre cochila num cadeirão:

— Não se mergulha de barriga cheia.

Ele vai para a praia com ela, e de novo ela escreve os nomes na areia, agora com o dedo da mão, e de novo ele ouve as ondas batendo dentro do peito. O mestre vem para a praia, correm para a lancha, vão para o mar e, a caminho da ilha, o mestre conta à mulher e à menina por que foi viver lá durante quatro luas, ele faz que não está ouvindo:

— Eu já tinha comprado o terreno da pousada, mas ainda não podia fazer nada porque era janeiro, tempo de chuva, e os pedreiros andavam todos ocupados. Eu dormia numa barraca, e aprendi a pescar com os pescadores, aprendi a cozinhar o que as mulheres deles tinham para ensinar, mas logo não tinha mais o que aprender nem fazer, ficava olhando o mar, a ilha lá longe.

A lancha vai rasgando o mar, a ilhota aumentando no horizonte.

— Um dia, um pescador me falou que já tinha passado um mês na ilha, em janeiro, porque a ilha não tem fonte de água mas em janeiro chove muito. Então fui para lá e passei sede dois dias, depois que acabou a água do cantil. Mas enchi uma caixa com água da primeira chuva, usando folhas grandes para colher a água, e nunca mais passei sede. Também aprendi a manter o fogo aceso, mesmo com chuva.

— Como? — ele não resiste perguntar.

— Numa caverna, de onde tive de expulsar uma família de lagartos, até matando alguns para comer. Aprendi a fazer charque para a carne deles durar. Pegava siris e caranguejos nos rochedos, pescava, e experimentando descobri quais plantas podiam ser comidas, cruas ou cozidas. A ilha também tem várias frutas, e os coquinhos, por exemplo, eu roía por fora, depois quebrava o caroço para comer a amêndoa. Pegava ovos nos ninhos. Catava mariscos nas rochas. Um pedaço de charque apodreceu, comi os corós.

A menina faz careta, o mestre ri:

— Os franceses acham muito fino comer escargôs, que são nada mais que lesmas... A fome acaba com os preconceitos, experimentei de tudo. Toda semana um pescador

82

passava para ver se eu queria voltar, até que passaram quatro luas, voltei e nunca mais fui o mesmo.

A menina pergunta por quê, ele fala olhando a ilha já ali perto:

— Nunca mais dependi de ninguém para comer ou para cuidar de qualquer coisa para mim. Fiquei independente, livre, e pela primeira vez na vida me senti poderoso. Também nunca mais parei de aprender, depois de ler todos aqueles livros.

— Que livros?

— Seu pai me dava livros toda vez que a gente se encontrava, e me mandava livros pelo correio, sempre que eu mudava de cidade e escrevia dando o novo endereço. Mas eu mal folheava os livros, deixava para ler um dia... Quando fui para a ilha, levei também um saco de livros. Li todos, me arrependendo de não ter lido antes. Eram livros falando de mudanças, gente que muda, que melhora, que renasce em vida, como disse Jesus. Aí resolvi que a minha não ia ser mais uma pousada só para turistas e veraneio, mas para gente querendo mudar, enfrentar desafios, se testar, aprender e melhorar. E hoje, enquanto as outras pousadas ficam vazias no inverno, a minha tem gente o ano inteiro...

O piloto ancora a lancha entre rochas que afloram perto da ilha. A mulher fica na lancha, eles afundam com o mestre, apertando os manômetros de ar comprimido dos coletes. Descem seis metros, ajoelham no fundo, levantando areia com as nadadeiras, e o mestre sinaliza com a mão:

tudo bem? Tudo bem. Começam a nadar batendo as nadadeiras devagar, com calma, como o mestre ensinou — e ele se maravilha. Passam cardumes de peixes pequenos, brilhantes e coloridos, e peixes maiores sozinhos, e caranguejos andam devagar pela areia. Nas rochas, as plantas parecem acenar para eles.

O mestre chama para chegarem perto, aponta o profundímetro no pulso, eles olham, estão a dez metros. O mestre aponta para o alto, faz sinal de negativo, eles entendem, não podem mais subir sem parada para descompressão. Continuam mergulhando, entre cardumes maiores, sem mais rochas à vista, e, de repente, ele sente falta de ar. Simples assim como um tapa, respira fundo e não vem ar! Toca o braço do mestre, e passa a mão feito faca pela garganta, o gesto de que está sem ar, o mestre pede calma com a mão. Chama a menina para perto, aponta o dedão para cima e ela entende, irão subir; só depois o mestre se volta para ele, que já ia disparar para cima.

O mestre lhe retira o respirador e ele fica ainda mais assustado, mas o mestre retira o próprio respirador — o cachimbo! — e lhe entrega, ele pega depressa, põe na boca e enfim respira, respira. O mestre faz sinal para respirar devagar, pega de volta o respirador, respira, devolve, com uma calma que daria raiva se o medo deixasse espaço para isso. Depois de várias respirações, o mestre faz sinal para começarem a subir.

Sobem, até o mestre segurar um e outro, fazendo sinal de parada, e ficam parados vários minutos para a descompressão.

Ele ouve o coração batendo forte, aos poucos acalmando, enquanto peixes passam irritantemente indiferentes. O mestre dá o respirador, pega de volta, dá, pega de volta, até que sinaliza para continuarem a subida.

Finalmente afloram e ele se vê respirando sôfrego e se debatendo, o mestre diz calma, calma:

— Encha o colete, calma.

Ele não acha o manômetro do colete, e se debate, o mestre lhe entrega na mão o manômetro. Ele aperta, o colete enche. Vão para a lancha nadando de costas, batendo as nadadeiras e, quando ele embarca, puxado pelo piloto, a mulher se espanta:

— Que aconteceu? Está branco!

O mestre diz que não foi nada, e ele, depois que lhe tiram o cilindro e os pesos, deita no piso olhando as nuvens, e parece que nunca viu nuvens. A mulher vai mergulhar com a menina, e ele continua olhando nuvens, gaivotas, tudo parece novo no mundo.

— Por que acabou o ar?

— Porque eu cortei — o mestre sorri, mostrando como é fácil girar o pino do cilindro, que fica atrás da nuca, por isso ele nem viu.

— Foi *você*?! Você cortou meu ar?! Por quê?!!

— Para você aprender e nunca mais esquecer. Agora, se faltar ar um dia, sabe como fazer.

Ele passa o resto da tarde emburrado, enquanto o mestre ensina a menina a pescar com arpão. Mãe e filha voltam com peixes, felizes como duas crianças, e ele olha a ilha com raiva, cospe no mar. Na volta, todos olham o sol de novo borrando de cores o céu e as nuvens, ele olha para trás o céu escurecendo.

Na cozinha, ela e a mãe descamam os peixes, e ela conta que hoje o cozinheiro vai ensinar moqueca; mas ele vai andar pela praia, volta só quando vê que estão jantando no varandão. Eles comem conversando e rindo, ele come quieto. Depois vai de novo para a praia, ela vai atrás, e na areia ela escreve com o dedão do pé: BOBA. Ele pergunta por que ela escreveu isso.

— Porque sou meio boba — ela olha a lua. — Comecei a gostar de alguém que é mais bobo que eu, fica emburrado à toa e se afasta de mim, como se eu tivesse culpa!

Ele também fica olhando a lua e, quando vai falar, ela não está mais ali. Ele vai para o chalé, deita com a luz apagada e fica olhando a lua pela janela, o mar batendo fundo no peito.

14. No alto

Ainda está escuro na janela quando acorda assustado com batidas na porta. Pergunta quem é. É o Papai Noel, responde o mestre. Faltam mesmo poucos dias para o Natal e, abrindo a porta, ele dá com o mestre vestido de Papai Noel, barbas brancas postiças, grandes botas brilhantes.

— Estava provando a roupa, para a costureira fazer uns ajustes — o mestre explica e já aponta o sol nascendo. — Vamos fazer rapel, quer vir?

Ele boceja ainda sonolento, olhando o sol nascente pela janela, o mestre pisca:

— Ela vai, vamos!

Vão para o refeitório, onde uma turma de hóspedes toma café, ela e a mãe também, ela sorri. Ele senta sozinho; ela pega a xícara e senta diante dele, sem falar nada, apenas sorri, e ele sente o coração batendo apertado.

Depois do café o mestre bate palmas no varandão:

— Gente, o medo é um sentimento bom, nos protege de perigos, prepara para as lutas, faz avaliar melhor as aventuras. Então hoje vamos educar o medo para que sempre ajude e nunca prejudique, por exemplo nos paralisando quando é preciso agir. Quem nunca fez rapel, como vocês, sempre pergunta o que a gente sente. No começo, sente muito medo, depois sente o prazer de vencer o medo. Então vamos!

Na van, ele pergunta a ela baixinho o que afinal é rapel.

— É descer rochedo por uma corda.

— E isso dá tanto medo?

Ela ergue os ombros, também não sabe. Vão por estrada de terra até um vale com seu riacho correndo entre pedras, e ele cochila. Quando vê, estão diante de uma cachoeira, o riacho despencando lá do alto pelo paredão de rochas negras. São cinquenta metros de cascata, diz o mestre, e ele sussurra para ela:

— Já estive em muito apartamento mais alto que isso e nunca senti medo...

Sobem por uma trilha até o alto do rochedo, em alguns trechos mais inclinados é preciso agarrar nas touceiras de capim. Lá no alto, o mestre mostra as cadeirinhas de lona com seus ganchos e argolas, amarra uma corda numa árvore e ensina a manejar uma cadeirinha descendo um barranco. Um a um colocam a cadeirinha na cintura e repetem a descida do barranco, e ele consegue ser o mais rápido de todos.

Mas depois, no alto da cascata com os pés sobre a rocha diante do precipício, sente tontura, recua sabendo que está pálido. A mãe dela é a primeira a descer. Ele senta no riacho, para disfarçar as pernas bambas, ela senta ao lado sussurrando:

— Me deu tontura ali na beirada! Que medo!

Ele sorri desviando a conversa para os lambaris do riacho, as flores do mato, as nuvens. Ela olha para ele encantada, ele se sente derretendo. Catam pedrinhas, trocam pedrinhas, roçando os dedos, e acabam de mãos dadas debaixo da água, olhando-se tão fundo nos olhos que ele esquece o outro precipício, até ouvir o mestre chamando: é sua vez.

Coloca a cadeirinha, agarra a corda e o mestre manda ir de costas até a beirada do precipício. Ele vai, as duas mãos na corda, os pés recuando aos poucos, aos pouquinhos, até sentir que o calcanhar pisa no vazio. Muito bem, diz o mestre, deite o corpo e vá descendo. Ele deve estar tão pálido que o mestre pergunta se quer esperar mais, ele vê que ela olha com o maternal olhar das mulheres, e diz não, claro que não, inclina o corpo, o coração disparando, e começa a descer deitado, encarando o céu com o precipício nas costas.

A cascata lhe borrifa água, os pés escorregam na rocha molhada, e a mão que deve soltar a corda se imobiliza agarrando tanto que dói. Está a um metro da beirada, e quer pedir para voltar, mas a voz não sai, e então olha para o lado e vê o vale se estendendo, e lá embaixo o riacho caindo de tão alto que as pernas bambeiam, e aí não vê mais nada.

Acorda deitado nas pedras lá embaixo, o mestre sorrindo. Lembra então do que o mestre falou no barranco, que rapel não tem perigo, pode-se desmaiar que será descido por quem controla a corda no chão.

— Desmaiei?

— Muita gente desmaia na primeira vez, de emoção, né?

Ela vem descendo o rochedo, soltando uivos e gritinhos, acenando para a mãe. Ela não viu que você desmaiou, sussurra o mestre. Ela agacha diante dele já sentado numa rocha:

— Que bom, né? Vamos de novo? — e ele se ouve falando, claro, vamos, e o mestre volta a subir a trilha com eles.

Logo ele se vê de novo pendurado no rochedo, o precipício nas costas, encarando o céu, e respira fundo, e vai descendo, e vê o olhar dela brilhando entre as nuvens, e, quando põe os pés no chão, enche o peito ouvindo o coração bater ainda fundo de medo e alto de alegria.

15. As estrelas

Na van, em voz alta o mestre elogia cada um: este, pela coragem; aquele, pela serenidade; outro, pelo companheirismo; mais outro, pela consciência... e ela, pela alegria; ele, pela determinação. Na pousada, ele questiona:

— Você elogiou todo mundo! Ninguém fez nada errado, ninguém falhou em nada? Eu mesmo...

— Cada um sabe o que fez errado ou o que precisa superar, não é preciso falar. Mas o que fez certo, que todos fiquem sabendo. Você já se olhou numa colher? Olhe.

O mestre lhe dá uma colher e ele se vê refletido de cabeça para baixo.

— A colher nos ensina que é preciso inverter a visão: ver e elogiar as qualidades, aí a pessoa se valoriza e se sente forte para lutar contra os defeitos. Se a gente só vê e fala dos defeitos, a pessoa se sente fraca para melhorar.

— E você aprendeu isso nos livros?

— Não, isso eu aprendi como garçom.

— Você foi garçom?

Depois da janta, o mestre conta que tinha a idade dele, vendo o corpo mudar dia a dia, olhando estrelas e pensando para que existimos, o que fazer da vida, quando resolveu mudar de vida pela primeira vez:

— Eu lavava carros no centro da cidade. Tinha dois baldes, umas escovas e panos, e ganhava até bem, muita gente dava gorjeta porque tinham me visto pedindo dinheiro nos sinaleiros e agora me viam trabalhando. Mas um dia seu pai me perguntou se eu ia lavar carro o resto da vida. Então ele tinha aquele carrinho com rodas de bicicleta e catava papel, garrafas, arames, e guardava dinheiro numa caderneta de poupança pra um dia ter uma loja, eu achava sonho dele. Até que ele se associou com uma costureira, arranjou duas malas e começou a vender roupas de casa em casa, eu vi que ele um dia ia conseguir ter a sua loja.

O mestre olha as mãos:

— Aí sentei na sarjeta e olhei as minhas mãos, rachadas e descascadas de sabão, de tanto lavar carro, e então vi ali no chão um papel. Eu sabia ler malemá, tinha deixado a escola quando saí de casa pra viver na rua, quando descobri que meu pai batia na minha mãe não só porque era um bêbado que não botava dinheiro em casa, mas também porque ela arranjava dinheiro com outros homens, entende?

Ele balança a cabeça, o mestre fala sem mágoa:

— O que mais me doeu foi que nunca me procuraram, me deixaram ir pra rua e pronto, mas foi bom. A rua me trouxe aquele papel anunciando curso pra garçom, de noite e de graça. Falei com seu pai, ele me deu dinheiro pra comprar duas calças, duas camisas e um sapato, e sem cueca nem meias fui me inscrever no curso. A primeira coisa que me ensinaram foi a cuidar das mãos, cortar e limpar as unhas, e comecei a cuidar do corpo. Botei lençol em cima do colchão em que dormia num barraco, e depois botei cama debaixo do colchão. Até pra lavar carro passei a me vestir melhor, e agora me davam mais gorjeta porque viam que eu melhorava de vida.

O mestre sorri com o olhar perdido no tempo.

— Quando acabei o curso, comprei roupa de garçom, sapatos novos, e fui pedir trabalho em restaurantes, mas diziam que eu era muito novo. Demorei um ano pra conseguir, acho que até porque deixei de ser tão novo... Quando consegui, seu pai me falou que, pra mudar de vida mesmo, não bastava trabalhar, era preciso guardar dinheiro. Pra quê, perguntei, ele falou: pra montar seu negócio! Imagine, eu ainda tinha as mãos rachadas de lavar carro e ele falava em ter negócio próprio!

Suspira fundo olhando a lua:

— Não sei onde eu estaria hoje se seu pai não tivesse me ensinado a sonhar e trabalhar para o sonho acontecer. Vi que precisava ser garçom onde corresse dinheiro pra ganhar gorjetas boas, fui pra regiões de garimpo, trabalhei em churrascarias onde os garimpeiros entravam de sandálias embarreadas mas de bolso cheio. O gerente do banco passou a me chamar de senhor quando viu que toda semana eu tinha dinheiro pra depositar. Quando começou a inflação brava daquele tempo, que comia o dinheiro de tanta gente, ele me orientou para aplicações mais rendosas que a poupança, juntando dinheiro pra montar meu negócio. Mas, quanto mais tempo passava como garçom, mais sentia que não queria ser comerciante. Um dia fui visitar nossa cidade, seu pai já tinha uma loja e me falou que, se eu não sabia o que fazer da vida, devia viajar, e na hora achei um absurdo, imagine, gastar viajando o dinheiro tão suado. Mas me apaixonei por uma mulher, pensei até em me matar, aí tirei todo o dinheiro do banco e fui pelo mundo.

— E gastou todo o dinheiro?

— Não, ganhei bem mais. Trabalhei em cinco países, aprendi a mergulhar no Mediterrâneo, esquiei nos Alpes, percorri o Caminho de Santiago, fui guia de turismo para brasileiros em Portugal, fui lixeiro na Alemanha. Passei um ano no Líbano em guerra civil, como auxiliar de enfermagem. Se fizessem fila todos os feridos de que cuidei, perdia de vista.

— E você não tinha medo? Você nunca tem medo?

— Tenho, mas não me assusto. Numa situação perigosa, o mais perigoso é tremer, já se perde o controle do corpo. Ou entrar em pânico, aí se perde o controle da mente. O melhor a fazer é ficar frio, examinar a situação rapidamente mas com calma e ver o que se deve fazer, e então fazer sem vacilar.

O menino pensa, passando os dedos na penugem escura do bigode.

— Mas e se a gente sente medo mesmo sem querer sentir? O que é preciso fazer para não sentir medo?

— Não ter medo de morrer. É o segredo do samurai: enfrentar tudo sem medo, pois nada tem a perder, já que o máximo que se pode perder é a vida.

Ficam olhando as estrelas.

— E o samurai acredita que, lutando bem, mesmo que morra continuará vivendo na lembrança do povo. Como essas estrelas, muitas delas estão mortas, mas estão tão longe que sua luz continua chegando aqui muito tempo depois que lá se apagaram.

O rapaz fica olhando as estrelas, nem ouve quando o mestre diz que amanhã irão fazer rafting.

16. O REMO

Na beira do rio, o mestre e o motorista enchem os botes infláveis com a bomba de ar, acabam suados. Então o mestre se joga no rio, e com água pela cintura fala à turma de hóspedes:

— Descer o rio de bote só é perigoso sem o colete e o capacete, por isso fiquem sempre de colete e capacete. Não é preciso ter medo de cair no rio, o máximo que pode acontecer é se molhar. É um rio muito antigo, a correnteza arredondou as pedras, não há arestas onde se cortar. Se alguém cair, jogamos esta corda com boia, puxamos de volta para o bote. Mas vocês precisam ajudar a remar, ao comando do piloto.

Botam os botes no rio, embarcam, o mestre num bote, o motorista em outro, ensinam a remar ao comando. Vão seis hóspedes em cada bote, e o rio é manso e largo, fazem graças, jogam água no outro bote com os remos, fazem uma batalha de água. Na frente do outro bote vão dois homens, no dele vão a mãe de Ana e o empresário.

— Eu queria ir na frente — ele diz remando; o mestre diz que depois.

Remam, remam, suam ao sol ardido da manhã.

— Que coisa sem graça.

— Depois da curva começa a corredeira.

O vale se afunila, a planície virando morros altos, quase montanhas de cada lado, e, já antes de o rio fazer a curva, ouvem o rumor da corredeira, e depois veem que lá o rio se estreita, espumando para se espremer entre grandes pedras. O rumor vai aumentando, acabam as graças e piadas. O mestre afunda o remo como leme, no outro bote o motorista faz o sinal da cruz. Já quase no começo da corredeira, o rio ruge, uma névoa sobe das cascatinhas enfileiradas corredeira abaixo, e agora as pedras parecem enormes, negras e molhadas como cabeças carrancudas onde a água faz barbas brancas.

— Como é que vamos passar isso?! — ele pergunta vendo a boca da primeira cascata a roncar já ali.

— Vamos passar como o rio passa — o mestre sorri.

— Por entre as pedras e bem depressa para o bote deslizar. Remando!

Daí para a frente mal conseguem obedecer aos comandos: remar à direita, à esquerda, parar de remar, deitar no fundo do bote — quando despencam pelas cascatas mais altas, levantando água na queda lá embaixo, e já de novo remando, remando, atenção, nova cascata, parar de remar, deitar, e plam, nova queda, água e espuma por todo lado, molhados da chuva de borrifos, os pés bem enfiados nas alças no fundo do bote, as mãos agarradas no remo, o coração trepidando, até que chegam a um remanso.

— A primeira corredeira é tranquila — o mestre aponta. — Olhem o arco-íris.

Olham para trás, um arco-íris paira sobre a corredeira. Ana está pálida, respirando de boca aberta. Os outros voltam a falar, fazem graças de novo. Vá para a frente, diz o mestre, e ele troca de lugar com o homem, e se vê diante da segunda corredeira a crescer rugindo, mais estreita que a primeira, mais rápida e turbulenta. Muita atenção, grita o mestre:

— Até agora foi só ensaio, agora é pra valer. Remando!

O bote desliza pelo canal da cascata, e chacoalha e empina, e afunda esparramando água, e enche, enquanto deslizam rápido para a próxima cascata, um homem pergunta se o bote cheio não vai afundar, o mestre grita:

— Não se preocupe com a água no bote, mas com a água fora do bote! — e entram trepidando e chacoalhando e empinando e voando — com frio na barriga — e batem e saem chacoalhando da cascata, mas logo adiante o rio se torce entre duas rochas e o mestre comanda remar à direita, à direita, mas ele olha para trás e alguém perdeu o remo, outro continua deitado com o braço cobrindo a cabeça, mas ela rema e ele rema enquanto o bote se enfia de lado entre as pedras e o mestre grita recolher remos, depois vê o grande dorso da pedra a palmos do nariz e já de novo estão em outro remanso, outra cascata rugindo à frente, e outro homem diz que também perdeu o remo.

— Então os outros remem pra valer! — o mestre grita. — Agora vem a queda maior! Remando!

Ele rema furiosamente, a cascata ruge furiosamente, e o bote feito flecha gorda se lança no ar, sentem o frio vazio na barriga enquanto se agarram na alça com uma mão, a outra levantando o remo, até que o bote embica na água e ele é jogado para trás, cai entre as pernas dela, mas segurando o remo, e ela sorri tremendo, os olhos arregalados, e o mestre grita:

— Deixa o namoro pra depois! Remando! — e de cascata em cascata vão vencendo a corredeira, já se acostumando com os chacoalhões e os voos, a chuva de borrifos e as bofetadas de água. Ana troca de lugar com a mãe, fica ao lado dele na frente do bote. Quando chegam ao rio largo e calmo de novo, o mestre manda remar para recolher os remos perdidos boiando, um dos homens recebe de volta envergonhado, pedindo desculpas. O mestre diz para ele ir nadando buscar o outro remo, o homem vai, os lábios apertados de medo mas vai.

Depois o mestre diz para o homem ir na frente, e ele cede o lugar, o homem continua apertando os lábios mesmo diante do rio calmo. Os outros pulam na água, brincam como crianças, o mestre olha sorrindo como um pai. Ela sussurra:

— Você não sentiu medo?

— Não — ele sussurra olhando longe o arco-íris. — Se você não tem medo de morrer, nunca tem medo.

Ela fica olhando para ele, e ele, frio samurai, sorri olhando os homens a brincar. Depois vão para o ônibus da pousada, onde os botes viajam amarrados na capota, e almoçam num restaurante, ela olhando para ele com grandes olhos a despejar doçura. Depois do almoço, passeiam pelo pomar do restaurante, e ela sobe numa escada para pegar um pequeno mamão maduro já com bicadas de passarinhos. Ele pede o canivete do mestre, corta o pedaço bicado, descasca o mamão, tira as sementes e dá a ela pedaço por pedaço, ela come um, põe outro na boca dele, come um, dá outro.

—Você sabe lidar com canivete, né?

— É, canivete é uma faca que se embute no próprio cabo.

Ela olha para ele com doce admiração, ele lava o canivete antes de devolver ao mestre. No ônibus, ela adormece com a cabeça em seu ombro e ele sente-se crescer até por dentro.

Chegam à pousada no meio da tarde, ele cai na cama e dorme até a noitinha. Vai para a praia, e na areia estão dezenas de grandes corações com seu nome e o dela entrelaçados. O sino toca, vai para a cozinha e ela diz que vai fazer a sobremesa, ele pergunta o quê, ela sorri corando:

— Beijinhos.

Ele ajuda a misturar o leite condensado com coco ralado, depois a fazer as bolinhas de doce esfregando nas mãos, rolando cada bolinha em açúcar, espetando o cravo.

— Por que chama beijinho?

— Acho que é porque pra comer isso a gente faz bico com a boca... — ela enfia um doce na boca. — Como se desse um beijinho...

100

Estão sozinhos na cozinha, os outros estão no salão enquanto um empadão assa no forno, e entrelaçam as mãos lambuzadas e grudentas de doce, e ele enfia um beijinho na boca, as cabeças tão perto que ouve a respiração dela, ela envesgando os olhos para olhar nos olhos dele, e se beijam sobre a bandeja de doces, o coração disparando, ainda com os doces na boca.

— É o meu primeiro beijo... — ela sussurra corando.

— Um beijo doce — ele engole o doce e engasga.

Tosse, ela lhe dá tapas nas costas, a mãe dela e o mestre vêm acudir, perguntam que foi, ela cora ainda mais:

— Ele engasgou.

— Não conhecia beijinho — ele fala ainda engasgado, e ela sorri com doce olhar cúmplice.

Depois da janta o mestre ergue um brinde:

— Ao Altair, que durante quatro anos foi motorista da van e do ônibus da pousada, e que agora vai nos deixar. Ninguém trabalha mais de quatro anos na pousada, o tempo para fazer cursos, aprender, guardar algum dinheiro e começar algum negócio. Se o nosso lema é *você pode*, temos que dar exemplo de que podemos mudar. O Altair, nesses quatro anos, entre outras coisas aprendeu mecânica e vai abrir uma oficina, então vamos desejar sucesso ao nosso amigo!

Altair brinda com lágrimas descendo na taça. O mestre continua:

— O próximo brinde é para quem vai substituir o Altair, uma pessoa que está treinando faz algum tempo e hoje, no rio, nos deu a certeza de que fizemos a escolha certa. Um brinde ao Antônio!

Mas é o cara que perdeu o remo, ele sussurra para ela, perdeu o remo e ficou o tempo todo com medo! Mas todos brindam, empresários que pagam para passar sustos pendurados em rochedos, deslizar por corredeiras, aprender a cozinhar empadões e lasanhas, lavar roupa e cuidar do jardim! Ele conta a ela que outro vizinho de chalé contou que está aprendendo a cuidar do jardim, mas ela mal ouve, convida para a praia.

A lua prateia o mar, a brisa mexe os cabelos dela, e com os pés na areia aprendem a beijar, a cada beijo abrindo mais a boca, a língua descobrindo lábios e dentes e enfim outra língua e...

— Minha mãe! — ela estremece, ele ouve a voz da mulher chamando a filha.

Ela corre para a pousada, ele corre para o mar, tirando a roupa e se jogando na água, mergulhando em prateada felicidade.

17. As ondas

Depois toma banho no chalé, enrola-se no lençol e fica na varanda vendo a lua. O mestre vem pela trilha e senta num degrau, ficam tempo sem falar nada, até que ele pergunta se pode fazer três perguntas. O mestre balança a cabeça.

— Por que tem hóspede que cuida do jardim? Você não tem jardineiro?

— Quem cuida de um jardim passa a perceber detalhes, depois pode cuidar bem melhor de uma empresa, ou da família ou seja lá do que for. Aprende que para a planta florir e ter saúde, precisa de vários tipos de adubo, como gente precisa de bom salário, estímulo e treinamento. E também precisa de limites, as podas, no tempo certo, no jeito certo. Segunda pergunta.

— Por que você diz que o Antônio foi bem no rio? Ele perdeu o remo, ficou com medo o tempo todo!

— Não o tempo todo. No fim, nadou para buscar o remo, e no ônibus me disse que quer descer a corredeira de novo, tentar outra vez. Ele quer superar o medo, isto é o que importa. E não teve vergonha de mostrar medo, é sincero. A pousada não precisa de super-homens, mas de homens dispostos a mudar. Terceira pergunta.

Ele fica tempo olhando a lua até perguntar:

— Aquela mulher por quem você se apaixonou, por que não ficou com ela em vez de viajar pelo mundo?

O mestre sorri triste:

— Porque ela morreu.

Um grilo crica dolorosamente ali por perto.

— Quando a gente ama, precisa se preparar para perder. Tudo bem com você? Então boa-noite.

O mestre volta para a casa grande, ele fica ali enrolado no lençol até parecer que os bocejos querem engolir a lua, aí entra e se joga na cama, mas antes de dormir fica falando o nome dela a cada vez que uma onda bate na praia, Ana, Ana, Ana, Ana...

18. O MANGUE

Passam a noite de Natal em redor de fogueira na praia, assando linguiças e salsichas em espetos, cantando e contando histórias:

— Como Jesus decerto fazia — diz o mestre vestido de Papai Noel. — Em roda do fogo, debaixo das estrelas.

Meia-noite o mestre abre presentes para o pessoal que trabalha na pousada, e que ele chama de parceiros em vez de empregados: para cada um, um livro com um cheque dentro. Um empresário se espanta dos valores dos cheques, depois pergunta baixo ao mestre se não é muito. Não quero ser o defunto mais rico do cemitério, responde o mestre.

Um garrafão passa de mão em mão, e o mestre diz que é vinho barato mas cristão, honesto e puro. Os pães estão murchos, mas ele diz que podem espetar para esquentar na fogueira, vão ficar crocantes. E ele vê aqueles homens ricos comendo com gosto pão com linguiça, e bebendo do gargalo do garrafão como irmãos.

Dia após dia vê chegarem homens e mulheres empetecados, como diz o mestre — com relógios, celulares e joias —, e a todos o mestre diz que cada chalé tem um cofre, deixem lá essas coisas todas:

—Veremos as horas olhando o sol. Nossas joias serão as gotas de suor escorrendo pelo rosto. Por falar em pérolas, hoje vamos catar caranguejos e mariscos, quem sabe alguma ostra tenha alguma pérola...

A dúzia de homens e três mulheres estão de maiôs e bermudas, o mestre diz para vestirem calças e camisas de manga comprida, e meias, uma mulher pergunta por quê, ele diz que é por causa do mangue. Todos vão para os chalés, ele pergunta o que tem o mangue para irem vestidos assim.

—Você vai ver.

— Eu não vou!

Ana não vai, embora a mãe vá, e, além disso, que graça pode ter catar caranguejos e mariscos? Mas o mestre olha nos olhos:

— Preciso de você.

Então ele vai. Vão caminhando pela praia, a maioria tirando as camisas para tomar sol. A maré baixa deixa que passem entre as rochas que avançam para o mar, e logo começam a aparecer aqui e ali mariscos grudados nas rochas. O mestre mostra como rapar com facão, para tirar os mariscos, colocando num dos dois sacos que cada um leva. Só os mariscos grandes, avisa o mestre, os pequenos ficarão para crescer; e devem tomar cuidado, que os mariscos cortam como navalha.

Com as mãos finas de unhas bem tratadas, as mulheres e os homens lidam com os facões, enquanto o sol vai subindo e ardendo na pele, empapando as roupas de suor. O mestre aponta mariscos em buracos nas rochas, onde é preciso enfiar o braço, manejar o facão às cegas, e dá medo, diz alguém:

— Como a gente sabe o que tem aí dentro?

— Apalpando.

Com medo, enfiam a mão nos buracos, apalpam:

— Nossa, tem mariscos grandes!

O mestre diz que as melhores chances sempre estão meio escondidas.

— Os nichos de mercado — diz um homem.

— Mas é preciso não ter medo — diz uma mulher enfiando a mão num buraco, e tira mariscos maiores.

Outro homem deita na areia e se enfia debaixo de uma rocha, ficando só com as pernas de fora, e sai com mariscos enormes.

— O pai desse moço — o mestre aponta para ele — foi o primeiro comerciante a instalar uma loja de móveis num conjunto habitacional, onde só existiam açougues, pequenas padarias e mercadinhos. Os concorrentes, no centro da cidade, precisavam vender móveis suficientes para lotar um caminhão para entregar nos diversos bairros, com isso demorando até dias, e ele podia entregar até na mesma hora, pois todas as entregas eram perto, bastando uma viagem curta de caminhoneta... E assim foi abrindo uma loja em cada bairro... Se a pessoa deixava de pagar duas prestações, ele ia pessoalmente visitar a família, oferecia mais prazo com prestações menores, e quase nunca perdia com isso, só ganhava mais clientes fiéis. Hoje, tem gente treinada para fazer esse trabalho. Então: não basta achar o nicho, é preciso saber apalpar.

Os homens balançam a cabeça pesando cada palavra. E agora vamos para o mangue, diz o mestre. Deixam os sacos de mariscos numa sombra de árvore, deixam a praia, vão por uma trilha no mato, andando quase hora, suando, alguns reclamando, até que o mestre diz é aqui. O mangue é um pântano com pequenas árvores que, na maré baixa, ficam como que suspensas com as raízes à vista, cobertas de lodo, enfiadas na lama, lama por todo lado, e tantos mosquitos que o ar parece zumbir. Todos se abotoam, erguem as golas da camisa, desenrolam as mangas, mas os mosquitos chegam nas mãos, no rosto.

— Vão me comer viva! — quase grita uma mulher, e um homem diz que estão picando por cima da roupa!

Mas sempre dá para dar um jeito, diz o mestre se enfiando na lama até os joelhos, até a cintura, aí agachando e se enlameando até os ombros. Passa lama no pescoço, na cara, e uma mulher pergunta se ele está brincando:

— Vamos ter de entrar nessa imundície?

— Não é imundície, é lama, até amacia a pele.

Os mosquitos formam pequenas nuvens sobre eles, então um a um vão entrando na lama. Um homem pergunta se não vão afundar como em areia movediça, o mestre diz que isso só existe em cinema.

— Aqui, o que existe são caranguejos — apontando na lama um ponto onde surgem pequenas bolhas.

Enfia o braço ali, tira um caranguejo de mais de palmo, as mulheres gritam e os homens fazem caretas. O mestre ri:

— Falamos que negócio bom é negócio da China, mas poucos tentam negociar com a China... É um mercado imenso, mas distante e difícil, e é preciso saber chinês, entender os chineses, enfrentar os mosquitos da burocracia... Mas se você se enfia na China, conhece a China e se cobre de China, tudo é possível! — e tira da lama outro caranguejo maior.

Um homem enfia devagar o braço na lama, perguntando se o bicho não vai morder.

— Caranguejos não têm dentes para morder. Podem ferroar, mas... — mostra onde apertar para o caranguejo abrir os ferrões.

O homem tira o braço da lama com a mão vazia, o mestre diz que é preciso enfiar fundo, e aponta para ele:

— Meu amigo vai mostrar como se faz — e pisca sorrindo, *preciso de você*.

Ele é o único que ainda não se enfiou na lama, estapeando mosquitos, e até para se livrar deles se atola ali, enlameia os ombros, agachado, e bem ali adiante do nariz a lama borbulha. *Preciso de você, herói.* O mestre sorri, dizendo que Marco Polo era jovem quando foi à China liderando soldados veteranos, jovem mas ousado:

— Como meu amigo. Notem como ele vai enfiar o braço na lama até o ombro, com decisão, pegar o caranguejo e pronto. Decidir e fazer com decisão é a primeira chave do sucesso.

Ele respira fundo, *herói*, e enfia o braço até o ombro, toca em alguma coisa, olha para o mestre, que continua sorrindo, e então ele agarra aquilo e tira o braço, é um tênis escuro de lama. Todos riem, o mestre diz que é bom para lembrar de amarrar bem os tênis ou a lama pode sugar. Ele respira fundo, olhando outro ponto a borbulhar na lama, e enfia o braço, fundo, até alguma coisa que se mexe, então agarra firme e tira um caranguejo, joga no saco aberto pelo mestre.

—Viram como é fácil quando se quer? Querem caranguejos no jantar?

Gemendo e resmungando todos começam a catar caranguejos, gritando de susto ou de medo, depois de alegria quando conseguem, até que se espalham, cada um concentrado na sua catança, enchendo seu saco onde se mexem os caranguejos. Ele cata mais de dúzia, o saco pesado começando a afundar na lama. Alguns enchem o saco até a metade, já bem pesado, o mestre diz que chega, ou ficará difícil carregar. O sol já passou do meio do céu, e voltam pela trilha com a lama secando no corpo, até rachar e se soltar esfarelada.

Os caranguejos continuam a se mexer nos sacos, que levam nas costas sobre as camisas. O mestre diz que carregar a caça é um dos preços da caçada. No fim da trilha pegam os sacos de mariscos, vão curvados pela praia, cada um com dois sacos nas costas, a maré enchendo, é preciso passar sobre as rochas. Alguém deixa cair um dos sacos no mar, quer buscar, o mestre diz que é perigoso o mar ali:

— Mesmo raso, pode te jogar contra as rochas. Você perdeu sua carga, mas pode aprender que não basta vender, é preciso cuidar bem do transporte, como depois é preciso dar uma boa assistência técnica.

Os homens balançam as cabeças, amarram as bocas dos sacos. Avistam a pousada, gritam, riem, o mestre diz que ainda não chegaram, apontando que ainda há um rochedo por vencer, e ali é preciso passar com mar pela cintura, as ondas querendo arrancar deles os sacos. Fala alto entre as ondas:

— Há quadrilhas de ladrões nos portos, nas ferrovias, nas rodovias e até nos correios. Há piratas na internet! É preciso cuidado até o final de cada operação, e só depois comemorar!

Uma mulher perde o saco de mariscos, chora de raiva, o mestre diz que podia ser pior, podia ter perdido também o saco de caranguejos — e ele vê acender o olhar da mulher descabelada, o rosto ainda enfarinhado de lama seca, e ela resmunga com voz fria e dura:

—Vou jantar esses caranguejos — apertando contra o peito o saco onde as patas se mexem.

Caminham em silêncio pela praia, em silêncio deixam os sacos na área de serviço da cozinha, alguns já indo para os chalés, mas o mestre chama:

— Ei! Nem caranguejos nem mariscos se limpam sozinhos!

Dá uma faca a cada um, ensina como limpar, e Ana olha admirada quando ele pega um caranguejo. Ela pergunta se ele também pegou alguns, a mãe diz que ele foi o primeiro, e ele diz que é fácil:

— É só ter decisão e ir fundo.

É quase fim de tarde quando acabam, as mãos arranhadas, bebendo água da torneira do tanque, sujos e fedidos de bosta de caranguejo, mas olham orgulhosos as bacias cheias de mariscos e caranguejos limpos. O cozinheiro despeja tudo em grandes caldeirões no fogão, e o mestre diz que em uma hora estarão cozidos, o tempo de tomar banho. Todos vão para os chalés com uma alegria cansada, voltam limpos e leves, a mesa está posta com salada, pirão e os caldeirões fumegantes recendendo a tempero. Nas mesas, pratos de madeira e marteletes para quebrar os caranguejos.

Ela lhe dá um beijinho na boca diante da mãe, ele fica tão sem jeito que tropeça no caminho até a mesa.

— Por que você me beijou na frente da sua mãe?!

Ela diz que beijou porque teve vontade de beijar, e que não esconde nada da mãe:

— Ela sabe que estamos namorando.

— Estamos namorando?!

Ela lhe dá outro beijo e diz balançando a cabeça:

— Sim, estamos namorando.

Ele abre a boca para falar, ela lhe enfia na boca um marisco e ele não fala mais nada.

19. Dias cheios

Então os dias passam tão cheios que assustam e tão depressa que espantam. Ele acompanha o mestre com novas turmas para mergulhar no mar, remar no rio, descer a cachoeira ou andar pelas trilhas, e ela vai junto, a mãe fica lendo na piscina da pousada. Eles se beijam no mar, no rio, nas trilhas, quando ninguém está vendo. Beijam-se suados, beijam-se salgados de mar, beijam-se no rapel, pendurados no rochedo diante do vale a se abrir imenso; e beijam-se na cozinha diante do fogão, beijam-se no tanque descamando peixes, beijam-se na praia. E ele sente que o mundo realmente gira enquanto sente o cheiro dela tão perto que tonteia, e a respiração dela ali no seu nariz, e o corpo dela nos braços e, às vezes, ela tem de dizer chega:

—Você está ficando muito assanhado.

A cada dia ele se olha no espelho do chalé, depois do banho antes da janta, e os pelos parecem mesmo crescer de um dia para o outro! Espinhas também pipocam no rosto, e o mestre diz para não espremer:

— Se espremer, você terá saudade delas...

Ele espreme, e fica com o rosto inchado, uma das espinhas vira uma bola vermelha ao lado do nariz. *Ele tinha razão*, fala para o espelho. Mas o mestre nada fala, apenas olha os inchaços e lhe dá uma loção para passar no rosto.

Naqueles dias o mestre lhe dirá coisas de que não esquecerá.

Caminhando por uma trilha na mata, passam por uma cutia morta, a cabeça varada por uma bala:

— O animal mais belo é o homem, quando faz o bem. O animal mais feio é o homem, quando faz o mal.

Uma mulher vai à praia com colar, pulseira e anéis, e fica olhando tristemente o mar.

— Tem tantas joias e não sabe que a joia mais brilhante é o olhar com alegria.

Um homem chega com quatro grandes malas estufadas, tão pesadas que é preciso levar uma de cada vez para o chalé. Depois de uma semana, confessa que podia ter trazido uma só e bem menor.

— A vaidade é a mais pesada das malas.

Outro homem chega reclamando do governo, a todo momento reclamando do governo, até o mestre falar que governo e povo são como pais e filhos:

— Os filhos reclamam muito dos pais, enquanto são dependentes deles.

Um terceiro homem reclama do trabalho, que vive cansado de trabalhar, que não via a hora de tirar férias, que se sente mal só de pensar em voltar a trabalhar.

— Deve estar trabalhando no que não gosta, ou não gosta de trabalhar. Tanto uma coisa como outra são morte em vida.

Uma mulher passa dias cismando, pensativa. Mesmo no rapel, prestes a se pendurar no rochedo, está com o olhar perdido, a cabeça longe. O mestre não deixa que desça o rochedo:

— É perigoso para você. Só o seu corpo está aqui.

Ela concorda, não consegue parar de pensar numa decisão que tem de tomar na empresa, precisa escolher entre dois diretores, um precisa ser rebaixado ou mesmo demitido, e outro deve ser promovido, juntos é que os dois não podem continuar, não se entendem, mas ela não consegue se decidir por um ou outro.

— Não mesmo? — pergunta o mestre. — O que diz seu coração?

— No fundo — ela suspira — eu gostaria é que os dois se entendessem, porque a briga entre eles pode destruir a empresa.

— Então por que não demite os dois? Será até um exemplo para que os outros se entendam. Na indecisão, ouça o coração.

20. Calma e razão

Um curtume polui o riacho, envenena os peixes, cardumes boiam mortos. Pescadores vêm contar ao mestre, vão ver, e pela primeira vez ele vê o mestre se enfurecer, xingando e jogando uma pedra na direção do curtume distante mais de quilômetro. Depois se acalma, vai para a pousada, toma banho, veste paletó, diz que vai falar com o prefeito. Ele pergunta enquanto o mestre laceia a gravata:

— Mas você não disse que se preocupar com roupa é sinal de vaidade?

— Sim — o mestre aperta o nó da gravata. — Mas não estou pensando em mim, mas no prefeito: ele é vaidoso, vai se sentir importante se eu for de terno e gravata, como se sentiria desprestigiado se eu fosse vestido como todo dia. Quando você vai negociar, deve pensar no outro.

No dia seguinte o prefeito manda fiscais ao curtume, para multar e exigir a instalação dos tanques para filtrar os dejetos. Os pescadores vêm agradecer, o mestre ri piscando para ele:

— Agradeçam ao meu paletó e à minha gravata...

Mais um dia, e um carro chega levantando poeira na estrada, rodopia no pátio, espirrando cascalho, e do volante desce um grandalhão. Da outra porta desce o dono do curtume, um homem miúdo, que caminha ao lado do grandalhão até o terraço onde o pessoal toma o café da manhã. O mestre vem da cozinha, de avental e mãos brancas de farinha.

— Escuta aqui, ô — o homenzinho berra vermelho de raiva. — Eu sei que foi você quem mexeu os paus contra o meu curtume! Mas não perde por esperar, viu?

O grandalhão enfia a mão no bolso da jaqueta, o mestre sorri.

— Entendeu?! Eu meto fogo nessa sua pousada, entendeu?

O mestre sorri:

— Aceita um café, vizinho?

O homenzinho avermelha ainda mais, tremendo de raiva.

— Eu devia era te meter um tiro no meio da cara, seu...

O homem engasga, o mestre não sorri mais, de olho no grandalhão. No terraço os hóspedes estão congelados, e o mestre fala frio:

— Bem, vizinho, se era só isso, tenha um bom dia.

O homenzinho bufa, volta para o carro, o grandalhão vai atrás, o carro arranca espirrando cascalho, o homenzinho berrando palavrões na janela. O mestre pede desculpas aos hóspedes, volta para a cozinha, continua sovando massa de pão. Ele fica rondando pela cozinha, mexendo numa coisa ou outra até o mestre falar:

— Diga o que você quer dizer.

— Será que aquele motorista estava armado?

— Talvez.

— Por isso você não reagiu?

O mestre sorri:

— Mas o que você acha que eu devia fazer? Gritar também? Lidando com gente descontrolada, você não pode se descontrolar... Quem tem razão não precisa perder a calma. Vamos pescar hoje?

21. LÁGRIMAS

Turmas de hóspedes chegam e se vão, a pousada sempre cheia, a van e o ônibus indo e voltando, a cozinha a todo vapor, e ele tanto aprendeu a cozinhar que arrisca propor a ela:

—Vamos fazer um jantar para sua mãe e o mestre?

Os olhos dela brilham:

— Com peixes que a gente mesmo pescar!

Mas baixa os olhos:

— E vai ser nossa despedida, depois de amanhã a gente vai embora.

Vão de manhã para a praia, com varas e iscas, pescam meia dúzia de bons peixes, mas a cada peixe ficam mais tristes. Descamam os peixes em silêncio, beijam-se lacrimejando, o coração apertado. Passam a tarde andando pela praia, olhando o mar, as nuvens, secando os olhos ao vento. Noitinha, vão para a cozinha, fazem arroz, lentilhas, cozinham legumes e temperam com ervas, guarnecem a travessa com frutas picadas, enquanto os peixes assam com bananas.

Colhem flores para uma mesa no varandão, diante do mar enluarado, e servem o jantar. Quando começam a comer, ele começa a chorar e sai da mesa, vai para o chalé.

A lua já vai alta quando o mestre sobe a trilha e senta na beirada da varanda, suspira fundo antes de falar — mas ele fala antes:

— Não precisa me consolar.

A lua se esconde, o mestre olha o mar escuro:

— Amor é o melhor da vida, mas também tem suas dores como tudo na vida.

— Obrigado, tô sabendo.

— Então também sabe que é impossível evitar a paixão, não é? Se eu te dissesse não, não se apaixone por essa moça que ela mora longe e decerto vocês nunca mais se verão, você deixaria de se apaixonar por ela para me obedecer? Ou você obedeceria ao seu coração?

Ele não responde.

— Então você concordará comigo que, assim como você, as outras pessoas também podem ser assaltadas pela paixão, gostar assim de alguém a ponto de sofrer sem a pessoa amada. Concorda? Hem, concorda?

Ele balança a cabeça.

— E o seu pai é gente como todo mundo, como você, não é?

— Que que tem meu pai a ver com isso?!

O mestre suspira como quem tira um peso:

— Seu pai se apaixonou por uma mulher que você ainda não conhece, e teme que você rejeite. Seu pai também

121

teme que você rejeite até ele, achando que é uma traição a sua mãe. Mas eu acho que ela ia gostar de ver seu pai feliz. É isso. Boa-noite.

O mestre desce a trilha, e ele fica ouvindo o mar bater diretamente no coração. Ana sobe a trilha com o cachorro da pousada, senta onde estava o mestre.

— Está bravo comigo?

— Claro que não.

— Trouxe comida pra você — ela apresenta um prato coberto por guardanapo.

— Não tenho fome nenhuma.

— Então vou dar pro cachorro.

— Pode dar.

Ficam vendo o cachorro comer do prato no chão, e de repente ela vai até ele, abraça e ficam chorando juntos. Quando enfim enxugam as lágrimas, ela diz que podem se escrever, podem se ver nas férias que vêm, e ele diz que sim:

— Vou vir pra cá de novo, com meu pai e a nova mulher dele.

— Você não tinha me falado que seu pai tem uma nova mulher. Você gosta dela?

— Não conheço — ele suspira fundo como o mestre. — Mas acho que vou gostar, porque se meu pai gosta...

Então a lua sai das nuvens clareando a praia e prateando o mar.

22. Amigos

— Dor se esquece vivendo, diz o mestre. Vão só os dois subir um morro por uma trilha com longos trechos de escadas de pedras, coisa dos incas, conta o mestre. Por ali vinham os incas lá dos Andes para as nossas praias, a pé, pelo chamado Caminho de Peabiru:

— E ninguém sabe o que vinham fazer aqui. Mas hoje sabemos por que subir este morro.

— Por quê?

— Lá no alto você vai saber.

São seis horas de caminhada, suam de molhar as roupas, as mochilas pesam mais e mais, passam trechos com muitos mosquitos, trechos íngremes que só conseguem subir usando também as mãos, até que chegam ao platô lá no alto e ele diz que, na verdade, é uma montanha, não? O mestre não responde, montando a barraca. Olham o mais belo poente que ele já viu, e depois as cidades se acendendo ao longe, a lua subindo. O mestre pergunta se está cansado. Ele diz que nunca se sentiu tão cansado...

— ... mas também estou me sentindo muito bem!

— É por isso que a gente sobe aqui. Montanhas parecem eternas, e no alto nos mostram como somos pequenos, e como podemos nos sentir leves cansando assim e deixando pra trás as culpas, preocupações, remorsos e mágoas... Boa-noite.

Boa-noite, ele sussurra deitando na barraca e dormindo imediatamente. Acorda com o sol e o cheiro de café, e o mestre bota a cabeça na barraca:

— Bom-dia, amigo.

Ele sai para o dia de céu azul e se sente imenso.

Quando ele chega em casa, abraça o pai e encara:

— Convida sua nova mulher pra jantar aqui, pai — e vê que o pai leva um susto. — Eu vou cozinhar — e vê que o pai leva outro susto, o mestre ri.

À noite, antes de a mulher chegar, está na cozinha descascando legumes silenciosamente, ouve a conversa do pai com o mestre na sala:

— Mas ele voltou... — a voz engasgada do pai — ...voltou um homem! Saiu daqui embirrado, cheio de manha, chutando até a sombra, tão rebelde que me dava medo e... o que você fez com ele, meu amigo?

Ele para de ralar a cenoura para ouvir a voz mansa do mestre:

— Tratei como homem.

Riem na sala, e ele volta a ralar carinhosamente a cenoura, a cortar amorosamente os tomates.

No dia seguinte o mestre toma café e diz que precisa ir, a pousada está em alta temporada. Estende para ele a mão fechada:

— Uma lembrança para você — e abre a mão.

— Mas é seu canivete!

— Agora é seu.

— Mas você disse que tem esse canivete desde que...

— ... desde que tinha a sua idade, e é a coisa de mais estimação que tenho, por isso dou pra você.

— Mas por quê?!

— Porque você merece, meu amigo. Até!

Ele engole, engasga, não consegue falar. A van se vai, e fica abraçado com o pai, até a poeira baixar, então fala:

— Até, meu amigo.

Autor e obra

Domingos Pellegrini gosta de dizer que aprendeu a escrever na escola e na pensão:

— Na escola, aprendi a escrever a língua. Na Pensão Alto Paraná e na barbearia Salão Regente, tocados por minha mãe e meu pai na Londrina então capital do café, aprendi a escrever literatura. Antes mesmo de saber ler, ouvindo as histórias contadas pelos peões, mascates e camelôs. Talvez por isso minha literatura seja tão oral, parecendo falada.

Aos sete anos, o menino veria os pais se separarem, o que também marcaria sua literatura:

— Neste livro, como em várias outras histórias, vemos uma família composta, ou seja, formada por pais e filhos de mais de um casamento, como, aliás, é a maioria das famílias brasileiras hoje, conforme o último censo. Minha geração passou pelas maiores, mais rápidas e mais intensas transformações da história da humanidade: a urbanização, com a maioria da população vindo do campo para a cidade; a desestruturação do casamento tradicional; a escolarização; o feminismo; a democratização política; a informatização, incluindo os satélites, e a intensificação da globalização iniciada com os êxodos tribais há milênios, agora a tal ponto que uma epidemia no Japão chega aqui de avião...

O escritor acredita, porém, que os valores éticos continuam ancestrais e imutáveis:

— Honestidade continua honestidade, e não existe nem meia honestidade nem quase honestidade. Como a verdade, a sinceridade, a bondade, a solidariedade, a liberdade, a criatividade, a claridade, também chamada transparência. São esteios de uma casa que nunca fica pronta e também nunca cai, a sociedade que procura melhorar com gente ética, ou seja, que mantém uma conduta orientada por aqueles valores voltados para o bem geral e não apenas individual. Minha literatura também se orienta por essa visão, e por isso sou às vezes chamado de moralista, mas sou é ético: nem conservador nem promotor do que não funciona nem presta.

Em *O mestre e o herói*, Pellegrini trata de um assunto tão antigo quanto atual:

— O empreendedorismo, que levou Marco Polo à China e Colombo à América, e hoje pode levar os jovens a procurar não apenas empregos no saturado mercado de trabalho, mas a achar e criar oportunidades. O mundo mudou tanto, por que o mercado de trabalho não mudaria? Engana-se quem pensa que um diploma dá garantia de "ganhar a vida": a vida não se ganha, a vida se conquista, e o diploma hoje é apenas pré-requisito, ou seja, é só a sela para montar no cavalo e fazer a própria rota na vida.

Autor de romances e livros de contos e de poesia, Pellegrini já foi seis vezes premiado com o Jabuti, o prêmio mais importante do Brasil. É também autor de livros para jovens, vários deles pela Editora Moderna.